慾望の城

A CITY of DESIRE

楊曼芬 著

精緻瑰麗愛情短篇小說
皇冠雜誌專欄驚艷登場

目錄

序 8

慾望之城之一 你。妳

一 多了愛情味道的味噌拉麵 15

二 PERFECT的復仇計畫 22

三 瀕死體驗的堅貞愛情 28

四 半身瓶的香水愛戀 34

五 愛的寵物Chinchilla 40

六 思念的莊嚴儀式 46

七 在溫泉鄉流浪的慾望 52

八 等待是一種幻覺境界 58

九 野牡丹之死 64

十 星座專家的愛情預言 70

欲望之城之二　我。我

一　一個沒有臉的男子　79
二　曼妙的網路情人之后　86
三　大嘴之女的誘惑　92
四　我是你今生的新娘　98
五　性感的咖啡風光　104
六　檳榔西施的幸福戀曲　111
七　用感覺養貓的愛情　117
八　男人結紮輸精管的密謀　123
九　秋風裡的愛情籤條　129
十　完美的鑽石情人　135

慾望之城之三　他。她

一　少了懷疑的醋滋味　143
二　日本魔菇的恨意　149
三　看不得的胸罩誘惑　155
四　時間的零和遊戲　161
五　愛情魔法瘦身包　167
六　沒有子宮的女人　173
七　免費的性感尤物　179
八　愛情的魔髮和魔法　185
九　古鏡裡的生死迷情　192
十　西伯利亞歇斯底里症　198

愛情的慾望之城

自序：楊曼芬

你的心裡有一座慾望之城嗎？那是一隅最神祕幽暗的角落，也許天真，也許浪漫，也許冷酷，也許貪赧，也許殘暴，但都充滿了慾望，一種自我滿足或自我救贖的慾望，愛情正是其中最具魔力的原點，而這原點在我連載於《皇冠》雜誌「慾望城市」的這個專欄裡無限延伸。肆意書寫兩年，一個月一篇，每一篇都娓娓道來人世間情愛的悲歡離合。如今集結成冊，還必須誠心感謝皇冠總編輯莊瓊花持續所給予的嬉戲鬧耍空間。然此慾望城市非彼慾望城市，故於付梓前夕更名為《慾望之城》，為一跨越地域的愛情無疆國度。

一次應邀參加福特汽車、《中國時報》聯合舉辦的講座，在主題討論結束後，面對擠爆高雄霖園飯店演講大廳的聽眾，有人舉手發問：請問妳寫的文章和熱門電視影集「慾望城市」有什麼不一樣？當然，我也愛看這部影集也非常喜愛凱莉。一樣寫專欄，一樣認真追求真愛，一樣痴情，一樣迷糊，一樣兩袖清風，存款少的可憐，名牌鞋子皮包滿櫥櫃。然而，東西方的性愛尺度絕對有異，「慾望城市」影集解放了台灣集體壓抑的性愛焦慮，收視長紅，而我，不想也不會成為豪放多戀女，在開放的字裡行間謹守對愛情養成的忠誠態度。

愛情是遠古的銘誌，愛情是現世的功課，從數不盡的希臘神話奇情愛戀，到算不清的東方傳說淒美情事，綿延至今，中西方文學創作了無盡的纏綿愛情、好萊塢電影打造了無數的夢幻愛情，以及這幾年來媒體陸續揭露歐美要人的外遇、台灣名流的緋聞⋯⋯我們洞見愛情的撩撥魔力，古今皆然，中外亦同。而近來台灣人心浮躁，情殤事件不斷，許多人愛到忿恨絕望，有以燒炭、跳樓、跳河自殺的、有殺人焚屍的、有亂刀砍死的 而我們到底在這些林林總總的愛情事件中，看到了什麼或學到了什麼？貫穿古今，愛情從未死亡，只是真愛難尋。《慾望之城》即是對真愛的尋覓與控訴。

《慾望之城》是我的第一本短篇愛情小說，就像《薔薇的慾望》是我的第一本長篇愛情小說，在嘗試摸索中顛仆頓挫，卻又柳暗花明狂喜連連，創作的想像國度無法不讓我自我陶醉、耽溺其中，像振翅的大鵬鳥，飛吧，儘管飛吧，又管它能飛多久呢，一路行來，對愛慾的極限又多了幾分歷經風雨後的大澈大悟。《薔薇的慾望》常讓人質疑那是我的情慾私小說嗎？當然不是，在文學的人格與現實的人格交錯中，我已遁形於虛構的故事情節裡，但不可諱言，薔薇與母親的對峙疏離、對父親的空白惆悵和對愛情的頑強執著，曾是我的青春愁懷，而性，也確實是不可說的青春禁忌。

如今談性，已能百無禁忌。記得希代出版集團朱寶龍先生對我說過一句話：從沒看過一個作家能把性寫得那麼乾淨。感謝他，也感謝我的美學和廣告專業背景，讓我足以輕易抽離性別，見山不是山的坦然面對性與人的身體。當我笑稱：男人的那話兒，黑白長短我真是看多了時，莫不跌破所有人的眼鏡，應驗她真是閱人無數之揣測。沒錯，我是看多了，專精的人體素描課程琢磨，在美國那認真對待人體的國度，人體模特兒資源豐沛到讓我眼界大開，男女老少都有各色人種兼具，我由第一堂課臉紅心跳、驚惶失色的窘態，漸漸轉變為賞析人體之純美，各色人種身體之差異，從骨骼、肌肉，到身材比例。

有色無膽，是好友形容我的絕妙之詞。是的，思想開放，行為保守，確為在今日人慾橫流的混亂環境中，妥善行事的中庸之道。所有閱讀過我作品之細心讀者，必然在我恣意豪放的筆墨之間，窺見那纖細敏感與堅守尺度之心。我，一個平凡女子，只有讓不平凡的想像奔馳，才能豐盈我平凡的人生，而千迴百轉於世間的情愛故事，才是真正的主角，我只不過是以筆為他人作嫁。喜歡寫小說更愛說故事，這是我為什麼要寫的最大動機，只有不停地寫，我才能繼續的說。而愛情，一直讓我迷戀。

愛情流動的本質使得愛情沒有永遠。愛，沒有天長地久，這逼使我必須不停的探索和追求愛情。而你又何嘗不是呢？在網戀、外遇、包二奶事件如火燎原，層出不窮的時候，執意生死相隨或地老天荒只會讓自己受傷，天地合乃敢與君絕也已成絕響，但是我們仍應對愛情充滿憧憬，只要能愛、敢愛、愛在當下，又管他能愛多久？每一份曾經擁有、現在擁有、或正在追求中的愛情，莫不姿態萬千扣人心弦，或許生生世世的不悔愛戀就在其中。對愛情，我覺悟但不絕望。

人生自是有情痴，此恨不關風與月，請和我一起走入《慾望之城》，一個充滿無限可能的愛情角落。

慾望の城之一

你。妳

多了愛情味道的味噌拉麵

並非愛的離去使妳痛苦，而是它逐漸消失的魔力。

——聖文生．米雷

赤丸，一艘紅色的玻璃小船，駛進了妳愛情的賞味漁港。

賞味是味蕾的沈淪，從任何東西隨著箸尖放在舌上的時候，味蕾就開闔發酵，牙齒咀嚼食物的汁液和著口舌唾液在味蕾上翻騰，美好的滋味讓味蕾興奮刺激，因而滿足呻吟，腐爛的臭味讓味蕾萎縮，因而意興闌珊，就像愛情一般。妳用妳的味蕾賞味愛情，在愛情的漁港裡載沈載浮，從遇見他的那一天開始。

你們在東京公園通的燒鳥屋裡，因為味蕾相遇。燻黑的老式食堂裡，喧囂的人聲混雜著烤雞的煺繞香氣，狹小的座位讓妳和他背對背坐著，不，應該說是貼著，背貼著背緊靠在一起。妳和一個陌生的男子，在異國的燒烤屋裡，因為美食讓味蕾發燒，清酒讓身體火熱，黏膩的汗溼穿透單薄的衣物，背脊不經意的緊貼著彼此，一種肌膚相親的曖昧流竄在空氣裡。

聽著身後傳來操著流利日語的聲調，妳儘量保持不動的優雅姿態，以免在日本人面前失禮，他卻尷尬的回過頭來，用標準的國語向妳抱歉，原來是個長相體面，曾經留學日本，今天出差來和客户交易的道地台灣男子。這家燒鳥料理一級棒，除了在地人，很少外來客知道哩！巧遇故鄉人，他高興的瞇著眼睛微微笑著說。趁著幾分酒意，妳和自助旅行的夥伴們舉杯向他致意，為相同的味蕾乾杯，為你們乍現的情緣續杯。

回台灣後，他開始帶著妳的味蕾穿梭在台北的大街小巷，尋找和風美食的賞味港灣。從禪意十足的複合式新意料理到西門町的百年老店傳統料理，你們品嚐美食，賞味愛情。你們的最愛是一條紅色的小船：赤丸。隱藏在東區鬧市巷弄裡，一間用玻璃和光影搭建的日式居酒屋，夢幻迷離的層層搭建著你們愛的城堡。

你們嚐遍了赤丸的各式佳肴，妳愛上了它的鮭魚卵手卷，一顆顆晶瑩剔透的鮭魚卵，新鮮爽口，越嚼越香，是熱戀的滋味呢。他酷嗜它的味噌拉麵。難得有道地的札幌風味哩！他每回都用十分虔敬的心情吃他的拉麵，從開筷拿匙的剎那，到吃光麵條、西哩呼嚕的喝完整碗高湯，專注虔誠，一如他和妳做愛時一絲不苟的細膩過程。

不過，和妳一起吃，多了愛情的味道。好幾次，他飽足的吃乾抹淨後會緊緊握住妳的手，露出那瞇著眼的招牌微笑。要不，怎麼是味「增」拉麵哩？妳嬌嗔的回報，赤丸菜單上的「味噌」寫成了「味增」。從此你們就是愛死了赤丸味噌拉麵配鮭魚卵手卷。你們耽溺於愛情的賞味期，浪漫刺激，放肆狂亂 直到吃多了，吃膩了，味蕾疲憊了，他開始常加班、常出差，陪妳一起吃拉麵的時間越來越少。

妳不明白，或許是假裝不明白，妳照舊打電話給他，告訴他妳在赤丸吃味噌拉麵等他，他沒空來也沒關係，妳會為他吃雙份 一次又一次，電話那頭，他原本嘻笑的反應，也漸漸變得沈默了 你有了別的女人嗎？一天，妳忍不住輕聲啜泣了起來，握著手機看著眼前早已涼透了的拉麵，是愛情的熱度消失了嗎？胡說八道！話筒裡傳來他的憤怒是一種絕對澄清，這讓妳又安心了好一陣子。

我們結束吧，我．．．太太好像知道了。好多天之後，他端端正正的低著頭坐在妳面前，像做錯兩件事極度懺悔的孩子，一件對他妻子，一件對妳。不，不是這樣的，是你說和她感情不好，是你說會愛我一輩子的啊。妳正吃著拉麵的味蕾失去了知覺，甚至苦澀起來，第一次看清楚自己只不過是個情婦，一個可以隨時用妻子來擺脫的不倫女人。

不過對不起，當初沒想到戀愛的誘惑強度這麼高　而且，真的不知道愛情的賞味期這麼短。他用力點了下頭，像日本武士鞠躬似的慎重道歉，然後盯著眼前一盤才上桌的味噌山芋胡瓜發愣。愛情賞味期的終結日？是啊，通常日本人說是五年，今天是你們相識相愛的三週年紀念日，可真是短了點。

桌上還放著他在Okinawa為妳買的天然珍珠項鍊，紅絲絨盒裡靜靜躺著一顆顆滾圓滾圓的美麗珍珠，一起泛著幸福又高貴的粉紅光澤，在當時的妳看來卻是一種炫耀地諷刺。原來是情夫送情婦的告別禮物？妳憤怒的將珍珠項鍊摔在地上，迸裂的珠子在磨石地板上碰撞，發出錐心刺骨的聲響，然後一顆顆蹦跳著在空中流離失所，一如妳的心。在時間凝聚中，在妳的狂笑聲中，他和你們的愛情從赤丸一起消失了。

現在，妳又獨自來到赤丸坐在靠窗的老位子，點了兩份鮭魚卵手卷和味噌拉麵，妳將一碗拉麵放在對面，一如往常，一如他就坐在那裡瞇著眼睛微笑。請最後賞味一次你的愛情味噌拉麵吧！妳心裡輕輕對他說著。

松田聖子甜膩的歌聲在赤丸裡隨風揚起⋯過了半年，終於我會笑的時候，每一天忙碌的開始走出自己的人生，我想你，我還是想你 不要忘記我們一起過的日子，也不要後悔兩人曾經這麼相愛過我想你，我還是想你，想到你的溫柔，我把眼睛更緊的閉上，因為愛已經沒有了⋯

妳的眼淚一顆顆的滾落，化成正吞進嘴裡鮭魚卵手卷上的一粒粒魚卵，它閃爍猩紅的光澤和著味蕾上腥羶的苦味，像妳正在滴血的心…

PERFECT的復仇計畫

上帝對人說：爲了治癒你，所以我傷害你，
因爲愛你，所以我懲罰你。

——泰戈爾

他移情別戀以後，妳就下定決心改頭換面，琴棋書畫樣樣通的妳知道是敗在自己的外表，絕非內涵，所以妳決定去整型。

整型和瘦身不同，是女人背地裡偷偷摸摸做的，絕沒有人願意承認她的雙眼皮是割的、鼻子是墊的、胸部是隆的、平坦的腹部和纖細的小腿是抽脂抽來的，更甭想會告訴任何人上哪兒去找哪個醫生最價廉物美、安全可靠。

像辦公室的總機小姐那眼睛分明是割的，兩道深深的雙眼皮坎在兩隻眼瞼上，上下相距起碼半公分寬，怎麼看怎麼不自然，可她還偏偏死不認賬，說是遺傳了曾曾曾祖母的荷蘭血統因子，所以長得難免像混血兒。

妳碰了個釘子後便決定靠自己，開始上網和翻八卦雜誌、看電視節目，透過各種管道尋找和整型相關的資料。從膠原蛋白到肉毒桿菌，從超音波吸脂到鹽水袋，還有最新的脈衝光去斑……妳自己評估著依可能的預算該做哪些部位。

一天電視節目訪問著一位知名的整型專家，雖然是號稱替政商名流改頭換面出了名的名醫，但自己的臉卻是失敗的作品，歪斜的瓜子臉、變形的雙眼皮，加上一定收費昂貴，所以妳從來不信任這位名醫，只想從她的言談中更確定自己的決定是明智的抉擇。看著看著，名醫的一句話卻讓妳不可遏止的流下了眼淚：你們不要以為來做整型的女人都很醜，其實都是長得還不錯的女人想要更漂亮，八十分的想九十分，九十分的想一百分，只是沒有人可能百分之百的美麗…

是啊，妳是長得不錯，小鼻子小眼睛清清秀秀十足典型的小家碧玉，嬌小削瘦的身材更有若林黛玉般的脆弱柔美，讓人忍不住想要保護妳，他說。第一次吸吮著妳發育不良的平坦乳房時，他不時呢喃著，哀求著：我的小小，妳放心，我會保護妳一輩子的…這讓妳不得不鬆懈了最後一道防線，讓他進入了妳的身體。我胸部太小了…事後，妳卻像做錯了事，愧疚的為自己的身材抱歉著，還捏著毛毯一角遮胸不讓他看。

大胸脯的女人很噁心呢，我又不是在找奶媽。他甜蜜又深情的吻著妳，再三保證。你們曾經有過一段美好的日子，英俊瀟灑的他和才華洋溢的妳，是朋友眼中的金童玉女，雖然妳自知樣貌不如他，但是妳飄逸的文人氣質總也讓他虛榮不已，更何況各花入各眼，他說妳在他心中永遠是最美麗的西施。每當妳和他走在街上，招來四周欣羨或疑惑的目光時，妳總是得意的將他胳膊挽得更緊，深怕一個閃失他會在人群裡消失。

他還是消失了，像水蒸汽蒸發掉了一般，不在公司、不在住處，也沒有回老家，沒有人知道他去了哪裡，或是所有人對妳隱瞞他去了哪裡。一個星期後他出現了，容光煥發的看起來春風得意，相形之下，妳為他焦慮掉淚的憔悴，如一塊破爛骯髒的抹布將妳的臉抹了一大把，所有的怨懟哀愁怎麼也擦不乾淨，臉上刻意抹的厚粉也因為夜夜失眠而敷不牢，處處斑剝殘敗。他什麼也懶得解釋只皺眉瞅著妳：幹嘛？看妳這樣子難看死了！

妳心頭一驚，覺得非同小可，除非兩相比較心思圖變，他才可能覺得妳醜。從此他也不再主動打電話找妳，妳找他也一再推托有事不能相見。妳決定找出答案，到他最愛去的義大利餐廳堵他，天天躲在角落的陰暗處獨自吃晚餐，邊吃邊掉淚。一天、兩天、三天，第四天，他終於來了，摟著一個身材火辣、容貌嬌豔的女子，是他說會讓男人噁心和擔心的那種女人，更可恨的是：那是個胸部宏偉的十足大奶媽。妳遠遠看著他們親密的談笑著，眼淚簌簌的掉進了眼前主廚推薦的蜜汁烤鴨胸裡。妳突然覺得自己的長相和胸部都像隻鴨子。

妳先辭職再搬家，一切就緒後，拿出三十萬元積蓄走進了一家替報紙醫療版寫整容專欄的醫生診所，起碼媒體的背書是唯一可靠的依據。住院三天，妳從頭到腳全都動了手術，割雙眼皮、隆鼻、隆乳、小腿抽脂、小臉去斑，堅決要自己變得完美無瑕。回到家時渾身紮滿紗布依舊臃腫疼痛的妳，不敢相信自己真會變漂亮，只好天天避開鏡子聽天由命，甚至還後悔花錢找罪受。

一個月後妳開始出門找工作，從男人驚艷、女人忌妒的眼光，妳知道妳徹底脫胎換骨了，只是美麗對妳來說多麼陌生啊，別人的讚美，妳連適當的感謝致意都做不到，不是反應不及，就是膽顫心虛，最後只能以冷漠回應，一切都是虛假人工打造的啊，露出破綻怎麼辦？這樣又能怎麼報復呢？妳只好躲回網路，在線上拼命尋找他那熟悉的暱稱，刻意搭訕他，用言辭挑逗他...

相約見面時，燙了頭髮還化了妝的妳穿上一件酥胸微露的小可愛，忐忑不安地走進了咖啡廳朝著熟悉的他走過去　他抬頭一看，打量妳的穿著打扮和約定無誤後，瞳孔中一股火焰霎時熊熊燃燒起來，是男人對女人饑渴的原始慾望。Perfect...他喊著妳的新暱稱，喜出望外的笑開了：想不到網路有妳這種美女，更沒想到我有這個福氣...

妳的嘴角也泛起微笑，第一次肯定自己的改變無懈可擊，除了聲音，待會可得捏著鼻子說話才行。

瀕死體驗的堅貞愛情

當愛情凌越眾生時，人陷己於悲傷之地。

——不知名的詩人

愛情遇見死亡的時候，立刻變成一攤死屍，腐爛血腥，充滿了悲傷的氣息。

許多書上説人在瀕臨死亡的時候，會看見絢麗燦爛又柔和的光芒，靈魂會脱離軀體，飄在半空中鳥瞰自己的身體，沒有一絲痛苦，然後失去知覺直到醒來。雖然只是瀕死，不是真正的死亡，但是確實已經在鬼門關走了一遭，死而復生，聽説人生觀會有很大的改變，尤其是為愛殉情的，肉體復活了，愛情的靈魂卻一去不返。難不成變成了個行屍走肉的人？

你遠遠望著正躺在病床上的她，不敢想像這次可能的結果。她還好好地活著，雖然蒼白而姣好的面龐似乎正陷於毫無意識的狀態，長長的睫毛像兩隻沈睡中的毛毛蟲，了無生氣，但是從胸部緩緩地起伏看來，呼吸是正常的。她瘦弱白皙的手臂上被點滴針頭插入的地方紫青一塊，聽說昨夜急救時是挑了半天才找到血管的。如果挑不到血管，她會因急救失效而斃命嗎？如果現在拔掉她的點滴，她會死亡嗎？你為自己的恐怖想法打了個冷顫。

還是如果醒過來的她，喪失了記憶或因為腦部缺氧而變成植物人，你是否因此可以完全逃離這場悲傷的戀情？雖然你必須負起一輩子的良心責任，但好過她清醒過來，正常的一如往常不正常，然後故計重施逼得你也生不如死。還好當初沒在她家人的威脅利誘下娶她，雖然因此放棄了作為企業第二代接班人夫婿的榮華富貴。你突然暗暗地慶幸起來，一轉眼卻又沮喪了。還是，如果當初娶了她，她就不會三番兩次尋死了呢？你滿腦子的因為所以、如果還是，真是悔不當初。

這已經是她第三次吞安眠藥自殺了。第一次救活時，你原本驚慌失措的心才定了下來，真有幾分愛憐的將她孱弱的身子擁在懷裡，有一個女人愛你甚過她的生命，是負擔，畢竟也是驕傲。醒來後她說：聽說在別人的瀕死經驗裡，殘障者可以完全康復，盲人看得見，失聰的聽得見，五體不足的也都一一長手長腳起來，能拿能走，顏面殘傷的也都恢復了漂亮的原貌…她頓了下，因為灌腸洗胃而乾燥的聲音帶著撕裂的興奮：失去愛情的也找回了愛情。

我飄在半空中看見你一直待在床邊守著我，我真的真的好高興，所以就不想死了，就回來了…你聽得背脊發冷全身毛骨悚然，她卻一臉幸福的甜甜笑了起來，漂亮的眼睛滑下了兩行清淚，讓任何鐵石心腸的人都會打從心眼裡感動，你絕非無情之人，只好低頭吻乾了她的淚水，告訴她你真的還愛她。

第二次，你坐在床頭握住她的手，卻什麼也不敢想，甚至連呼吸都小心翼翼的，深怕一個閃失立刻她又昏死過去，然後就真的死了。你坐如針氈的等著她醒來，等著她低低訴說她再一次的瀕死經驗。或許，這在她來說就像在和你談情說愛，因為不論如何，你務必讓你的眼神溫柔、手掌火燙，俯身保持體貼的傾聽姿態，一如剛談戀愛時的完美神情。

愛情為什麼總是讓我悲傷呢？那次醒來，她哀怨不解的看著你，如深冬中的一道寒流，凍得你全身一陣冰涼。你知道她要的是你的承諾再承諾，但是你可毫無準備也沒有任何打算，因為你甚至希望她變成空氣能立刻消失。你不是沒有真正愛過她，只是太短暫，她歇斯底里的疑神疑鬼，像一隻魔爪，很快的替你梳理出保持距離的頭緒，可惜來不及了。

從認識她的第一天，你載她回家路上撞死了一隻野貓開始，悲傷的氣息便隨著血液四溢，明知那隻野貓會陰魂不散尾隨相逼，為你們的戀情帶來厄運，只是你貪戀於她那嬌弱嗔媚的美色，無法及時回頭，如今只好身不由己的陪她玩起死亡遊戲。無奈碰到了個強勁對手，因為她從來不是虛晃一招，而是抱著必死的決心吞下大量安眠藥，只是命不該絕，總是有人及時救了她。

所以你成了永遠的輸家，甚至還得謝天謝地她並沒有穿上全身紅衣尋死報復，可見她到死還真愛著你而非恨你，不想化身為厲鬼糾纏你一輩子。誠如她所言，她只是要找回失去的愛情，只有在死亡的境界她才能重溫舊夢，她絕非要以死亡要脅你回心轉意啊！

所以這次，你只敢遠遠地坐在床邊椅子上看著她胡思亂想，距離讓你覺得安全，好像這樣可以離死神遠一點。終於她又意識清明的醒了過來。她深深嘆了口氣：唉，這次比前兩次更接近死亡，沒想到還是死不了 你放心，我再也不會自殺了，I will get my life back with you！她意味深長的盯著你說了一句漂亮的英文，然後轉頭看著病房窗外燦爛的冬陽笑得花枝亂顫。她的背影迎面罩來，你像一具在黑暗裡被愛情肆意凌遲的玩偶，吊在死亡的鋼絲上搖搖晃晃　不知何時操控的掌偶人才願意鬆開手放你下來。

巨大的悲傷突然將你淹沒，你真希望你也有尋死的勇氣，因為你再也回不去了。

半身瓶的香水愛戀

愛情如月，不盈則缺。

——聖文生．米雷

香水讓妳擄獲了愛情，卻也讓妳失去了愛情。

妳瘋狂迷戀著香水，每一只晶瑩剔透的玻璃瓶，琉璃艷瀲風華百轉，是生命裡唯一有氣味的詩歌，每一篇都能深入妳的嗅覺，麻痺妳的知覺，光瞧著那些瓶身姿態萬千地躺在香水專櫃架上，慵懶嬌媚地等著妳垂憐愛撫，還沒聞著味道，就已經萬魔穿心，讓妳立即掏出信用卡，不論多貴，先佔為己有再說。所以從三宅一生、川久保玲到山本耀司這些世界一流日本大師的時尚香水，妳從來不缺。

然而，拆開美麗的包裝，捻著才到手的香水，妳卻從不急著打開它，只顧眷戀再三地把玩，從瓶身的絕色光彩到字樣的詩意設計，都足以讓妳消磨好幾個晚上，直到忍無可忍妳才會一旋瓶蓋，讓迷幻氣味如勾魂香般竄入妳的腦神經，帶來如吞食搖頭丸般忘我的異境、做愛達到G點高潮般銷魂的快感。香氣瀰漫裡，妳閉著眼深呼吸盡情幻想著，這些從來沒歷經過的感官極樂境界。

妳如此迷戀香水，除了上述種種理由，其實，是因為只有香水可以掩蓋妳濃烈的狐臭，狐臭是異味體香，是誘人的性愛催化劑，但是，超過了體香的極限範圍便成了體臭，這讓妳十分自卑，除了大量消耗屈臣氏的腋下除汗劑外，買香水、噴香水成了妳的奢侈嗜好，只有香水能掩飾妳的體臭，那和妳清秀外貌、姣好身段無法相提並論的天生難聞氣息。只有香水讓妳保持完美形象，從皮相到氣味。於是妳在各種不同的香氣中穿梭，就像妳在愛情的十字路口徘徊一般，不敢奢望愛情，如同不敢奢望有那麼一天，狐臭會從妳腋下消失一般。

因為，從十三歲青春期發育以來，狐臭隨著胸腺成長，開始頑強地滋養壯大並長駐腋下，箝制了妳的行為舉止，讓妳不得不變得十分拘謹。兩臂夾緊，兩手垂直絕不高舉過肩，成了妳古板的端莊模樣，似乎上帝以偶造人時，少送了妳兩肩拉線，連在做愛時，妳也羞於將兩臂張開擁抱妳懷中的愛人，就怕狐臭薰鼻壞了氣氛。於是妳堅持宛如斷鰭死魚般的僵硬姿態，讓初戀情人完全感覺不到激情熱愛，只好任由他從妳冷漠的胸前抽身離去，不再回頭。也許香水可以改變愛情的命運吧！於是妳愛上了香水，在各種不同的香氣裡，幻想愛情。

一天，妳才踏出電梯，一位西裝筆挺的瀟灑男士便尾隨而至，擋住妳的去路，張狂又含蓄地搭訕著：我喜歡妳身上的香水，一種特別的香氣，那是？當時妳噴的是三宅一生的「一生之水」，純淨優雅，是生命水、火、空氣意境的張力，是充滿潔癖氣味的聖水，如妳失戀後孤傲的行徑。這由禪境香氣千錘百鍊提煉而成的氣、精、力，可讓妳吸引到了絕對對等的愛情之士，一樣迷戀香水的男人。當妳訕訕然告訴他答案之後，他不可置信地笑了起來，蕩漾著如香水般透明清澈的歡喜：我也喜歡一生之水，只是沒想到噴在妳身上這麼別有味道。

妳羞赧的幾乎暈眩起來，大樓門口一陣清風拂過，對方身上那微妙地「火之光」香氣襲進鼻翼，如電光火石擊中妳的腦門，原來在充滿東方禪機的香水天地裡，男女不分性別無拘。基於對香水的共同迷戀，你們將共通的嗜好發揚光大，一起逛百貨公司看香水、買香水、蒐集香水、研究香水、品味香水成了你們約會時最大的消遣。生日禮物彼此送的也都是剛上市的各類名牌香水，愛情隨著香氣蔓延在生命的幽微角落，連做愛時吸吮妳夾緊的肢胳窩四圍，也成了最煽情的前戲，妳從來沒有如此快樂過。

他去日本出差，買回了台灣還沒有上市的Mat：女香Pink和男香Blue，一粉紅一淡藍天生就是絕配，當妳將兩個凹陷缺口拼湊成一個完整瓶身時，渾然一體的完美震撼，讓妳為香水愛情的天長地久流下了快樂的眼淚。妳決定要去搶購三宅一生剛上市的限量香水「水光之戀」送他當情人節禮物回報。他是光妳是水，水光之氣是宇宙的魂，只有水光交會天地合一是愛情的永恆。那個激情的夜晚，妳第一次敞開雙臂迎接他擁抱他，要他舔妳的腋下，將妳那羞於見人的禁地，如處子般大方地獻給了他。

香水他消失了，帶著那半瓶Blue一去不回，聽說是愛上了那賣香水的漂亮專櫃小姐。是妳難聞的狐臭嚇壞了他？還是他拒絕接受突然變得放蕩的妳？妳遠遠望著殘缺半身的Pink，少了另一半的形體交媾，再美麗也枉然，那半身瓶孤伶伶地躺在化妝台上，孤單寂寞的幾乎死去。妳決定花幾萬塊錢去開刀摘除腋下汗腺，然後把所有的香水丟棄。

香水原來愛情會隨著香水的氣味在空氣中消失，不留一絲痕跡，也找不到答案。

愛的寵物Chinchilla

瑣物可以形成完美，但完美卻不是瑣物。

——米開蘭基羅

從一開始，她就誘惑著你，誰教她和Chinchilla金吉拉一樣完美。

——Chinchilla是你曾經養過的一隻貓咪，因為科屬金吉拉，所以你就喊牠Chinchilla，一個漂亮又金碧輝煌的貴氣名字，一個完美的象徵。金吉拉長得真美，滾圓的身子裹著金灰色的毛裘，抱在懷裡軟咚咚地像一團溫暖的火球，奔跑跳躍的時候又輕巧如燕，最誘人的是，牠想要人疼的時候，會坐在你前面歪著腦袋瓜子一動也不動，深情的望著你，求你看牠一眼，抱牠一會，平常自個兒乖乖找樂子玩耍，絕不會打攪你。

Chinchilla被車撞到的那天，你用毛毯裹住Chinchilla逐漸冰冷的軀體，送到動物醫院要求獸醫急救，不論如何想盡辦法都要牠活命，宣告無效後，你哭了一整個晚上，不但責怪自己忘了關緊門窗讓牠偷溜出去，還跑去警局報案，發誓一定要找出肇事逃逸的殺人兇手，當然你被譏笑了一頓。最後你將牠葬在最高貴的寵物靈骨塔，每逢年節都去祭拜。愛貓的死讓你頹廢喪志，因為連情人都難無法和牠比較，交往過的女人沒一個比得上牠。

Chinchilla像一個完美的女人，你需要牠的時候，隨時現身，不需要的時候，也安安靜靜的不吵不鬧，讓你予取予求，不必付出太多又能隨時擁有，最重要的是姿色撩人，關於這一點，你不得不承認自己鍾愛美色以貌取人。女人就算溫柔甜蜜的不得了，少了皮相之美，你也會覺得不夠完美，很難叫你全心全意的付出，就像路邊髒兮兮的流浪野貓，你從來不會正眼瞧上一眼。

那天，你在一個晚宴上遇見她，在一堆衣香鬢影的人群裡，你發現了一隻漂亮金吉拉。她金色挑染的長髮零散的盤在後腦勺，衣領和袖口滾著金灰毛邊的時髦短襖，裹著渾圓勻稱的身子，和人說起話來嗲嗲黏黏的尾音拖得老長，怎麼看都活像一隻慵懶誘人的Chinchilla。你的心立刻快速跳動，腎上腺素激增，彷彿看見了你那死去的心愛貓咪又活了過來。

你走上前去自我介紹，說她像你心愛的Chinchilla。她那畫了細細黑眼線的眼睛，圓溜溜的帶著疑惑打量著你，一會，噗哧一聲笑了起來，居然連笑聲都有著不可思議的喵喵音波。你不是第一個說我像貓呢。她說：不過沒人像你一樣唐突耶。於是你只好憨憨的傻笑兩聲，僅是望著那雙靈活慧黠的大眼睛出神。

然後，你開始熱烈追求她，也不曉得是愛人，還是愛貓，總之你愛上了她，愛上了一個像金吉拉的完美女人，一隻惹人愛憐的

Chinchilla。逛街的時候，她那小巧的小手尖尖的指甲，經常像貓咪一樣扒抓著你手臂，搞得你酥癢難當，忍不住當街摟她抱她，這並不煽情也不奇特，因為你只是抱著一隻Chinchilla。做愛的時候，你更愛她用指尖緊緊耙梳你的髮根或是摳的你背脊絲絲血跡，這些都勝過高潮帶來的快感，尤其是她那如貓叫春般的激烈呻吟。

雖然她只是一般的保險業務員，沒有什麼高深的學問或是內涵，總是在你看Discovery頻道的時候轉台，要看能讓她哭紅眼睛的日劇、港劇、韓劇；總是在你翻閱《天下》、《遠見》、《新新聞》的時候，一把扯掉你手上的雜誌，在你懷裡撒嬌耍賴⋯⋯而你也總是笑盈盈耐心的逗她寵她，誰叫她是一隻頑皮搗蛋的Chinchilla，因為這並不在你對完美女人的要求範圍內，尤其你迷戀她什麼都不懂傻乎乎地凝視著你的剎那，你以為你就是她Chinchilla永遠的主人。

可她也真不黏你，三天兩頭找不到人，手機接通的時候一貫嬌嗔的不得了：討厭，人家在南部參加業務會報嘛。就像一隻離家出走的金吉拉，讓你一顆心經常懸在半空中，找不著扎實的地方可依靠，不過這倒挺符合你心中對完美女人的要求。一隻自得其樂、獨立自尊，又充滿貴氣和嬌氣的Chinchilla，滿滿地佔據了你的靈魂。

你想她念她，恨不得將她像貓咪一樣關在家裡寸步不離，回家門一開就能聽見她喵喵的深情呼喚，累了，有她坐在懷裡蹂躪掉你一身子疲憊也是幸福，不燒飯不洗衣都成，因為你也無法要求完美的Chinchilla做同樣的事情。偏偏她不肯，像貓咪極度憤怒的時候齜牙咧嘴張牙舞爪的嘶吼，說她可不願被當成寵物豢養。於是，有一天，她不見了，再也沒回來過，自此從空氣裡消失，是曝屍荒野，還是被人家撿回去養了？

你不知道。只知道你再也不養貓了，尤其是Chinchilla，一種讓你對完美女人失去了正常焦距，讓你傷心的寵物。

思念的莊嚴儀式

在思念遠方的情人時，
妳沒有富麗的形象，儘存乾枯、泛黃、萎縮。

——羅蘭．巴特

最近妳總是睡不好，經常被惡夢糾纏：他騎在一條巨蟒身上，冷冷地俯視著妳，越逼越近　然後妳便驚醒，在餘悸中回憶夢境。

那是一條在國家地理頻道才看得到的奇異巨蟒，如緬甸蟒之類，龐大如樹幹的軀體纏繞捲曲著，渾身裹著黑黃交錯的大塊斑鱗，三稜的小眼嗜睡般的睇著，猩紅細長的舌卻啪茲啪茲地在尖刁的獠牙間快速穿梭，似乎隨時可以一口將妳吞噬。在夢裡失去嗅覺，所以妳聞不到腥臭的蛇氣，被誇大的視覺神經，卻讓妳清晰地記得他那冷漠的眼神，決定和妳分手的眼神。

他為什麼會騎在一條大蛇身上？他和妳都最厭惡這種爬蟲類的冷血動物，面貌可憎，又滑溜黏膩的讓人覺得反胃噁心。當時妳以為兩人的喜惡又多了一項共識，高興的不得了，更加肯定沒有任何人喜歡蛇，除了華西街賣蛇店的老闆。矛盾的是，他偏偏愛吃現宰的活蛇，還拖著妳一起去華西街看殺活蛇、吃鮮蛇。混在一堆日本觀光客中間，妳緊緊掐住他的手幾乎窒息，閉著眼不敢看那活生生的蛇被開膛剖腹的血淋淋慘樣，只好任由身邊此起彼落的驚呼聲，帶著自己穿過那毒蛇的祭典，祭祀人類貪婪五臟的祭典。

然後，他會點一杯新鮮的蛇血、一粒蛇膽、一碗蛇湯，便津津有味地吃將起來，直誇蛇可是活血通絡、驅風鎮痛、價廉物美的最佳補品呢。妳屏息偷瞄了下，剝了皮的蛇，失去了鮮活扭曲的形體，被剁成小段的蛇肉靜靜地疊躺在清澈的枸杞湯水裡，看起來只不過是一截一截完全沒有攻擊性的雞脖子，這讓妳大大鬆了口氣。他吃的時候妳就緊盯著坐在面前的他的一舉一動，絕對不讓自己的視覺可能游離至四周醃泡在瓶瓶藥罐裡的蛇屍上，那如在實驗室用福馬林保存的動物屍體上。你怎麼敢吃？妳鄙夷的問，當他是個野人。

討厭蛇和吃蛇是兩回事，或許因為厭惡，所以更想吃，恨不得趕盡殺絕呢。他調侃地為自己的野蠻找下台階。他敢吃蛇，只是，妳怎麼敢和一個嘴裡沾滿蛇液的人親吻？知道他喜歡吃蛇後，妳開始拒絕和他接吻，覺得就像和蛇接吻一般的恐怖。他卻堅持說，將舌尖鑽進妳的嘴裡翻攪，是做愛時讓他最興奮的前戲，少了吻他可能會興趣缺缺。妳不當真，也抵死不再陪他去吃蛇，但他吃完蛇回來，嘴角流露的奇特氣味，是超涼口香糖都掩蓋不了的，而那被蛇加持後的勇猛力道，也幾乎穿透子宮，讓妳痛苦不堪，總害怕是一條蛇鑽進了妳的下體。

蛇，真是個不祥之物，有蛇的地方就有災難，為了蛇，你們大吵了好幾架，吵得天翻地覆，吵得筋疲力盡。你如果再吃蛇，我們就分手！妳大吼著堅持不讓他吃蛇，堅持自己的堅持，毫不退讓。如果以後嫁給他懷孕生子，胎兒卻懷著來自父體的毒蛇血液，那是妳絕不能接受的事情。忽然之間，他不再需索妳的吻，連做愛也省了，妳也落得輕鬆，以為沒有了性，談愛反而自在。可惜，他卻拒絕再溝通，愛還真不知如何談起，妳當他在鬧脾氣，好言好語的安慰他：如果你不再吃蛇，我保證我們會更恩愛。

恩愛，是多麼空洞的形容詞啊，不像蛇肉吃在嘴裡實實在在，妳給了再多的保證也枉然，雖然他似乎好一陣子沒去吃蛇了，整個人無精打采到極點。就在某夜，他帶著吃過蛇肉的飽足姿態，和一種奇怪的眼神回來，那眼神與夢境中一模一樣，冷血無情。沈默半晌，最後，他說：我喜歡吃蛇，我遇見了一個比我更喜歡吃的女人⋯我們不適合，還是分手吧。

他走了，妳拼命的思念他，自己去華西街練習從指縫間看人殺蛇，在同樣的噁心和恐懼中流下悔恨的眼淚。吃蛇有什麼了不起？妳也試著叫了碗蛇湯，將連著一串背脊骨的蛇肉沾著醬料，當雞肉吞下。出乎意料的，滋味還很甘美呢。妳怎麼可以為了討厭他吃蛇拒絕和他接吻？而他怎麼又可以為了妳拒絕接吻而拋棄妳？吃蛇的過程成了思念的莊嚴儀式，妳開始一再獨自的去吃蛇。

他哄妳一起來吃蛇的滑稽、他仔細啃著蛇骨頭的專注、他將蛇湯喝得一滴不剩的滿足、他那如蛇般驍勇善戰的舌……這些都是妳邊吃蛇肉，邊細細回想的點滴情節，讓思念的VCD在記憶放映機裡不停的迴帶、倒帶，一幕一幕的replay，悲喜交加百思不厭。如果畫面中的妳也正在大啖蛇肉，是不是之後的劇本都會改寫呢？他怎麼會如此狠心的為了蛇離開妳，連讓妳學習吃蛇的機會都不給。妳也趕盡殺絕似的用力咀嚼著口中的甘甜蛇肉，任憑思念氾濫成災，淚水滂沱而下，傷心自己居然為了愛情，為了思念一個吃蛇的男人，也變成了一個吃蛇的恐怖女人。

妳邊吃蛇，邊掉眼淚，邊細細回味…等一下，影片定格，焦距放大，妳看見了正在吃蛇的他眼中之冷峻殘酷。妳這才驚訝怎麼會從來就忽略了他啖蛇時的眼神？一個以殘酷之心快樂吃活蛇的人，必定也是血液中充滿蛇液的冷血動物，當然可以為了另一個快樂吃蛇的新歡離開舊愛。不像妳，雖然蛇肉好吃，妳還是吃得很痛苦、很於心不忍，吃蛇只是為了彌補失戀遺失的養分，或者說，妳吃蛇是為了強心補腦，增強思念的養分。

妳放下筷子，第一次勇敢的環視四周藥罐裡醃泡的醜陋蛇屍，決定不再吃蛇、不再做夢、不再思念。

在溫泉鄉流浪的慾望

沒有慾望的人最幸福，因爲他們永遠不會失望。

——波普

在泡湯流行之前，你就迷戀溫泉，那足以暖和你終年冰冷體溫的水流。

溫泉，歷經千萬年大自然的焠鍊，自地表數公里下釋放熱能，配合地底清泉一起噴湧迸出……藉由泉水冷熱交替，可以促進血液循環、新陳代謝、活絡筋骨、滋潤皮膚、防止衰老，流汗後多喝水，還可以促進體內排泄，形成體內環保美容，對消除疲勞、增進人體健康有很大的益處。

這些都不是你喜歡泡湯的理由，你勤於泡湯為的只是去尋找同類、去看男人的身體，所以你一直漂泊在各色各樣的溫泉鄉裡，從北投的老舊泡湯旅店，到烏來的現代溫泉館。一直到你在一家號稱耗資數千萬的國際岩湯館，你才停止了腳步，因為在那兒你見到他，在一群粉紅肥胖有如白豬隻的裸體裡，他年輕結實壯碩的體格，宛如羅浮宮裡巍然挺立的大衛石雕像般的完美無瑕，一下子就獵捕到了你驚艷的眼光、遊走的慾望。

他總是一個人來，而你也總是一個人去，寂寞的氣味就像硫磺般瀰漫在彼此之間，揮之不去，鐵鏽般的微辛刺鼻卻足以讓人上癮成痴。咖哩、榴槤不亦是聞之不悅，卻食之美味嗎？硫磺溫泉雖然剔透無色，原體該也如咖哩般的黃艷濃稠吧！那臭味傳千里的榴槤，活剝難以下嚥，經過添料沸煮、蒸烤調理，卻足以變成一道道香味撲鼻的美食，一如他的身體，經過溫泉高溫的烹調，燙得泛紅的飽滿肌里，滲著滾圓晶瑩汗珠，性感誘惑，也成了一道讓你垂涎的慾望大餐，尤其浸泡在寂寞的溫泉裡。

你絕非色狼，更非變態，只是一個饑渴的旅人，二十多年來在青春行進的旅途中，空虛的胃囊從來不曾飽足過。國中開始，白皙羸弱的你，下體終於逐漸膨脹，在唇上、腋下長出稀疏的毛髮時，你開始愛慕那些胸毛、腿毛已粗黑如馬鬃的壯男，不論在籃球場上或游泳池畔，你的目光一定梭巡在彼等身上，以驚嘆他們技藝高超的模樣，掩飾你暗戀的沈痞，那漲滿著慾望膿包的陰囊，彈指可破，流出的是你日夜囤積的思春精液。

雖然其中也有人將球故意丟在你頭上，或是惡意拖你下水，扒光你的泳褲，羞辱、譏笑你的膽小羞怯和發育不全，你心中卻完全沒有怨恨，只有自慚形穢，對健康勇猛的男體更是景仰貪戀，直至成年變本加厲，雖然體毛已濃密如林，女人和女體在你眼裡依舊單調噁心，偷看男體寫真集自慰，成了唯一的慾望出口，直到Gay網站和同志聊天室出現，你才丟開那本在光華商場無意間發現、已經翻爛的珍藏，同時肯定自己是只愛男人的同性戀。

可你從來不上網邂逅一夜情，同志的愛情應該更純潔乾淨，完全撇清和可怕愛滋的曖昧不明關係，所以當你在Gay Pub拿到一張同志樂園指南之後，你便開始按圖索驥，先後進入同志三溫暖和其他的Gay Pub探險，忐忑尋找解放身心雙重慾望的樂園。你一次又一次的失望了，平板無趣的外表，既不陰柔，又不陽剛，穿梭在性別界限模糊的邊緣地帶，任何同類異類都對你了無興趣，你也缺少主動出擊的勇氣，如此只讓你的慾望更沈重，像一塊生下來就黏附在背脊的鉛錘，丟不出去，又收不回手，只好拖著它迤邐前進。

當你最後跳進泡湯溫泉池裡，硫磺的厚度將鉛錘在水面飄起，讓你渾身輕鬆起來，起碼藏在水氣氤氳裡，每個人面貌是模糊的。然沖洗換池之間，身體特徵清晰可見歲月痕跡，圓滾的肚皮、鬆弛的臀部如頹敗屋宇，讓你興趣缺缺，然生殖器的大小紅黑，卻象徵著性能力的強弱，如此讓你的慾望在每一具男體間跳躍，依舊充滿刺激的想像力，直到瞳孔如攝影機取景，框在他的身上定格放大。

你在某個週末午後再次遇見他。你喜歡白天去泡湯，户外遮棚的朦朧半天光，既不讓人體齷齪難看的見光死，又足以讓你飽覽各型各樣高矮胖瘦的男體，所以不會錯失任何可能的邂逅。終於你遇見了該遇見的人，和你同一頻道、同一磁場的男人，不管是0號或1號，只要是寂寞的、同性的、充滿慾望的，你都能欣然接受，總算是驗證你身分認同的偉大開始。

那天，你一進更衣室，正在更衣的他便落落大方的朝你點頭微笑，他終於主動示愛了！你克制激動的情緒，邊脫光衣服，邊胡思亂想，決定欲擒故縱，最後再開口請他下樓吃這兒出名的養生餐，無論如何是他先示意你才回應，就算被拒絕應該也不會太難堪。於是你挨挨蹭蹭的一路跟著他泡湯換池，雖然刻意不和他搭訕，而且不看他的身體，和他狂放纏綿的春光卻不時在半露天池的水面光影中浮現⋯⋯這等性幻想躁得你下體早已勃起，臉面被溫泉熱度蒸出勝於平日數倍的紅暈，像聞了瓶上好美酒，未飲已先醉。

當然，你是要先談戀愛，才肯發生性愛關係的，只要他願意，你願意把這輩子最寶貴的初戀獻給他，包括你的處子之身。跟著他同時沖淨身子回到更衣室，你不時偷瞄他的一舉一動，準備伺機開口邀約，開口前你也要送他一個甜蜜微笑。當你正鼓起勇氣，牽動嘴角慢慢靠近時，他的手機響了，他背過身子由低聲細語轉為高聲咆哮：既然妳媽不喜歡我，我們的婚事當然免談，只是妳不知道這個月我多寂寞嗎，居然狠心地一通電話都不打……

那天之後，你沒有再見過他，而你的慾望依然在溫泉鄉裡流浪著。

等待是一種幻覺境界

無謂的等待只是一昧的消耗時間和浪費愛情。

——無名氏

妳一直以為等待很痛苦，要在時間的流逝中計算分秒，計算他在哪裡，或是從哪裡到哪裡然後才來到這裡，簡直像時間的刀在剮碎妳的心。

直到妳學會了靜坐，妳才發現等待可以心平氣和的毫無怨尤。那是一本在素食餐廳門口隨手拿來打發時間，等待他出現之前翻閱的小手冊，上頭寫著：先於禪座上端身正坐，身心放鬆，任心平靜，面孔保持一絲微笑，頭部正直，後頸微靠衣領，眼睜一線，自然下垂，若眼全開容易妄想，若眼全閉，容易昏沈，甚至易出現幻覺境界，下顎微向後收，口不可張開，舌尖微微與上齒齦相接觸，兩手結金剛定印……

從此妳都以這怪異的姿勢等待，平心靜氣，萬念皆空的等待，從家裡等到餐廳，從辦公室等到電影院門口，除了沒有禪座，但是或坐或立在妳來說處處皆禪境。雖然等待的思緒已全然刻意放空，但妳還是在手腳發麻，變換姿勢時，抽出空檔讓思緒翻騰的想找出答案，當初他追求妳的時候，等待對彼此來說為什麼那麼甜蜜？那麼經得起作弄？

那時候為了故意要逗他，要讓他等得心焦，妳明明可以準時下班，也非得在網站上流連徘徊許久、在洗手間顧影自憐半天，然後才施施然的走出辦公大樓，迎上前的總是他那一臉的興奮和喜悅，就像乍開的曇花，在黑夜裡一片燦爛，從不曾見他因為等待而焦躁、而懊惱，擺出難看的臉色給妳瞧。

逛街可更不用說了，買衣服妳試穿，他欣賞，耐心十足的等了又等，看電影他早早就去買票等妳來，自己排隊等了半天說是怕妳等，吃飯、點菜、買單也都一馬當先，叫妳先在一旁等著就好……記得還有一次，妳沒告訴他同學聚餐，自個兒去玩了一整夜，回家的時候，只見他淋著雨在電線桿下等了妳大半天，還一臉微笑，隔天卻得了重感冒臥病好幾天。

或許是這苦肉計打動了妳的心，妳終於讓他爬上了妳的床，激情的捧著他的臉，舔著他的眼，告訴他不要再如此這般的等待，讓妳心疼　曾幾何時，物換星移，不知怎麼搞的，等待變成了妳每日必修的功課，等待也從此換了滋味，變得苦楚難堪。

仔細想想，似乎卻又有跡可循。一天，他人不在座位上，手機又不通，妳心裡納悶卻又打算給他個驚喜，便提早下班到他公司門口等他，等得兩腿發疲還左等右等等不到人，妳這才知道等待的滋味真難受，原來等待是一種身心的內外雙重煎熬哪。等啊等啊，終於等到他和一個長髮飄逸的長腿女郎有說有笑的走了出來，他一見妳臉色一沈，橫眉一豎，怒喝道：誰叫妳來等我了？

為什麼只准他等妳，不准妳等他？難不成他就是背著妳做著偷雞摸狗的事？雖然他再三強調那長腿女郎只是個普通客戶，妳怎能相信？只要一想起那女人眉眼生春睨著他的神情，妳就不由得懷疑再懷疑，吃味再吃味，於是妳不由自主的開始等他，從公司等到家門口，從家門口等到公司，從白天等到夜晚，從深夜等到天光，除了上班，妳用剩餘的所有時間等他，吃著漢堡，咬著熱狗等他。等看看他不和自己在一起的時候，到底和誰在一起？希望再抓著個蛛絲馬跡，好證明自己的判斷錯不了。

等了又等，除了他誰也沒等到，還連他都開始等不到了。他發現妳在那兒等他時都一律避開繞道而行，省得被妳等著麻煩，甚至連約會看電影也都讓妳等囉！從遲到五分鐘、十分鐘，到半個小時，到不見人影，讓妳等得筋疲力盡，心力交瘁，開始一分一秒算計他和時間的關係，尤其在手機收不到訊號，家裡電話轉答錄的時候，妳可簡直要被時間給徹底粉碎了。

可是妳還是堅持等他，誰教他當初等妳來著？他以前等妳，妳現在等他，可是很公平的事，他嫌煩也怨不得妳，只是，這麼漫無止盡的等下去真是讓妳等得心慌慌、意亂亂，卻又不得不等，如今不等，以前豈不等於白等了？還好這時候妳學會了靜坐，有了和時間抗衡的力量。

對妳無盡的等待，最後他只好投降，開始和妳約法三章：一、他在公司忙的時候不必等，二、他和客戶應酬的時候不必等，三、他回爸媽家的時候不必等。那還有什麼時候可以等呢？扣掉這三個時間，妳已經沒有等待的空間，於是妳只好回家等他電話，一樣以靜坐的方式，平心靜氣的等他電話。因為他再三強調：還想再在一起，這次就得全聽他的。

他是真的偶爾打電話來，人卻很少再出現了。這天，他生日，妳抓著機會說要燒幾道好菜為他慶生，他嘴裡直說好，晚餐時間到了，人卻還一直不見蹤影，盯著一桌子已經冷得浮上一層薄膜的豐富菜餚，妳怎有法子靜坐？只能不停的持續Call他、找他，還發誓非找到不可，妳絕不能再在等待裡受傷害。

手機終於接通了，妳霎時忘了等待的焦慮，興奮的呼喊他的名字，還高聲唱起生日快樂歌　那頭，只聽見他似乎聽不見似的，喂喂了兩聲，便把手機掛了，一陣沈寂，再撥已經轉成答錄留言。

妳流下了絕望的眼淚，憤怒的將桌上杯盤全掃下了地，最終總算給等待找到了落腳處。

野牡丹之死

大地的幻想之花，是由死亡來常保新鮮的。

——泰戈爾

愛上了一種從來沒見過的花，叫野牡丹，就像她。

野牡丹屬於野牡丹科，常綠灌木，產於台灣低海拔山區及平地，性喜高溫，葉對生橢圓形長五到十二公分，五到七出脈，花頂生，紫紅色，很美麗；秋季，枝頭一串壺形黃褐色的果實，也十分可愛。野牡丹不開花也很好辨認，葉有明顯的三至九平行脈，頁面佈滿淡色密毛，摸起來有些刺手……書上照片裡的花，紫艷艷的在陽光下花枝招展。

這是你買了一株野牡丹之後，在圖書館找到的資料。認識了它，從此，你每天早上隔窗凝視也有了更親熱的感應，它濃豔的紫紅近乎失真，漂亮的不像一朵鮮花，但輕薄的花瓣，迎著朝陽輕輕微顫的姿顏，卻又不得不讓你承認它是活生生的存在這世間。只是它的壽命短暫，朝開暮謝，飄零的一片片花瓣，在夜晚寂寥的陳屍在陽台邊上，泛散著一股似有若無的清香。

你不是沒買過花、養過花，單身的你閒來無事，便讓一陽台的花花草草隨著四季變更，從向日葵、鳳仙花、秋海棠、矮牽牛、槴子花、九重葛、吊鐘花，到石斛蘭……都是每個週末去花市搬回來的，愛各種美麗的花，就像愛不同的漂亮女人，你愛得心安理得，然而在你色彩繽紛的花花世界裡，卻獨缺野牡丹，所以，你對它一見鍾情的驚艷不已。

那天你開著吉普車在濱海公路上閒逛，累了，看見一家咖啡廳，進去喝了杯卡布奇諾小憩一會，看見隔壁花圃從籬笆縫裡綻放出的漂亮的紫紅色花卉，你被吸引了進去，而第一眼看見的卻是她。一個包著頭巾、穿著圍兜正在彎腰整理花圃的女子，烏溜的長髮瀑布般的在肩頭奔竄，因為勞動出汗的關係，她的兩頰泛紅，鼻頭上還滲著小水珠，煞是可愛。

看多了都會女子全身披掛名牌的形體，她如同你在掛滿名家畫作的藝廊中，迎面而來的一張素人畫，毫不矯柔作態的立刻佔據了你的心房。種花？你問。其實這問題很愚蠢，像一道早知道答案的是非題。她抬起頭看了你一眼，又埋頭繼續幹活，俊俏五官上淡漠的眼神，似乎穿透了你寂寞的心。你心頭一震，彷彿見著的是一個空有美麗軀殼，卻沒有生命的不明物體，就像她身旁的紫艷花朵，美好的似乎不應該存在這混亂的人間。

請問這花怎麼賣？這是什麼花？你指了指那株紫紅色的花。五百。她終於站起來看著你：這花兒叫野牡丹，台北見不著的。她一開口竟是道地的京片子。難不成是大陸新娘？那妳家鄉有麼？你試探問著，她臉上閃過一絲複雜的情緒，稍縱即逝。沒的事，北京哪長得出這麼高檔的花！你還想搭訕，突然，一個男人粗糙的吼聲從屋裡蹦了出來：該煮飯了，小孩要餵奶，阿母也要吃藥啦，妳還在幹嘛？

她沒聽到似的，緩緩拿起長長的塑膠袋，將花連盆小心翼翼的放了進去：這花瓣嬌嫩的很，風一吹就散了，記得一個星期澆一、兩次水，三個月施肥一次⋯男人趿拉著拖鞋劈哩巴啦的走了過來，小三角眼不懷好意的上下打量你，嘴裡卻對她吼著：我才進屋一下子，妳就在勾引查甫人啦？

她不吭聲，伸出手將花遞過來，你趕緊掏出皮夾拿錢，男人啪的一下將鈔票搶了過去：還不快進去？男人幾乎是拖著她往裡走的。男人肥腫矮胖的身軀扣著她勻稱高䠷的個子，形成了一幕滑稽的畫面。你望著她沈重的腳步，有著多少的不甘心呢？淒涼的海風迎面而來，你拉緊衣襟冷得打了個哆嗦。

你思念她，不明所以的，每當你望著野牡丹，你就想到她，看著花開花謝，數著花苞，一粒、兩粒、三粒，一天、兩天、三天…終於你決定再走一趟濱海公路，再喝一杯咖啡，再買一株野牡丹。你一旁偷瞄了半天，只見她一個人忙進忙出，看準了那個粗魯的男人不在，終於鼓起勇氣走了進去。

沒了，就光那株。她看見你，先是詫異，然後露齒笑了起來，一排小小的貝齒，嘴角旁兩粒小笑窩懸在頰上，像野牡丹花枝招展盛開的時候，你看痴了。旋即，她眼神一黯，驚慌的說：他快回來了，你快走吧，待會他又誤會了…不要再來了。說完，頭也不回的進屋去了，屋裡傳來小孩哇哇的嚎啕聲。你回頭居然見她瘸了，走路一拐一拐的。

你養著野牡丹，將一切的思念和愛全灌溉了進去，一颳風下雨，就不厭其煩的搬進搬出，就怕放錯地方，傷了它一枝一葉折損了元氣，早夭。說不明白、講不清楚為什麼，有一個讓你朝思暮想的東西，勝過你每天無聊的行屍走肉吧。終於你又去了，這次就坐在車上盯著瞧，籬笆裡花草荒蕪，一把大鐵鎖緊緊的咬在籬笆門上，你的眼皮跳了起來，跳下車衝到隔壁咖啡館裡，連咖啡都來不及點，便急著打聽她的下落。

那個漂亮的大陸妹啊？死囉，受不了跳海死了，真過分，連個喪事也不辦一下，聽說那男人又跟相親團去越南了，這種人早晚會天打雷劈　老闆叨叨的嘀咕著，你雙手捧著的咖啡根本就涼了，在漸漸逝去的香氣裡，突然你聞到了野牡丹死去的味道。

野牡丹性喜高溫，北京寒冷的天氣不適合培育，是的，什麼東西放錯地方都活不了的。

星座專家的愛情預言

你的胸中是否有罪？
我不想去探究，也毫無所覺，
不管你是如何，我只知道愛你。

——叔本華

雙魚座的妳，因為多情，所以迷情。

知名星象學家在報上如是寫著。骨子裡浪漫的雙魚星座，喜歡迷情之愛，最容易陷入的情網都是最麻煩的。像愛上已婚者、酒鬼、賭徒、罪犯、心理不正常者等。通常雙魚星座者愛的都不只是這些人或某個人，而是同時愛上這些人統統具有的某種失落的、受苦的、軟弱的靈魂，甚至為了愛，可以犧牲奉獻到無怨無悔的地步，只要愛上一個人後，可以為對方拋棄一切⋯⋯

簡直胡說八道。妳丟開報紙輕蔑一笑，這個專家說的一點都不準，偏偏紅透了半邊天，除了在報上刊登專欄，還是各大電視台星座運勢節目爭相邀約的常客，長得不怎麼漂亮，為什麼會這麼紅？真是走運！妳心裡雖然碎碎念，每天晚上卻還是拿著遙控器定在她出現的節目頻道上，目不轉睛地重複印證她說的每一句話是否靈驗？連她出的每一本星座解析書，妳也從不錯過，除了仔細閱讀雙魚座部份外，還會對照當時正在交往的男友星座運勢。

妳一直在和星座專家的自我辯證中，證明自己的精明幹練。星座怎麼可能準呢？全世界幾十億的人口，怎麼可以被簡化成十二種性格？連每週或每天，每個星座的運勢也都一樣？真是笑掉人大牙耶。妳，對愛情現實勢利的不得了，已婚的不考慮、沒錢的更不考慮，更甭提那些什麼亂七八糟的不入流人物了。否則這麼些年來，妳一昧追求婚姻的理想豈不全泡湯了，像以前的幾任男友，不都是嫌棄他們沒出息才結束了交往嗎？

妳美麗又聰明，在商場上從工讀生小妹幹起，憑著善於體察上意和機智反應，很快地節節高升，一路爬到辦事員、副理、經理、副總，在總經理出缺的時候，一向疼愛妳的老闆當然提拔了妳。於是妳成了呼風喚雨，手握幾億預算的女強人、商場中的E世代精英、台灣最年輕又美麗的企業總經理。只是，妳的眼光也高了，言談舉止莫不咄咄逼人，交往的男人，沒一個氣勢比妳強，只能對妳唯唯諾諾、百般奉承，最後還是不免遭到被拋棄的命運。

唉，PY就是對我太好，好的我受不了，那個Roger更別提了，三天兩頭換工作，沒一個是可以結婚的對象⋯⋯應對著旁人關心的終身大事，妳每每來回盯著修整的光鮮亮麗的十指柔荑，反覆咀嚼著逝去的無謂愛情。光潔的臉龐，因炫耀而泛起興奮的紅潮，像兩朵雲彩，朵朵訴說著妳對愛情無奈的心思⋯⋯這都不是我的錯，是他們不爭氣啊！我真的真的好想結婚喔⋯⋯雲朵飄過妳的雙眼，燃起乍現的浪漫火花，火花瞬間熄滅，瞳孔沈澱成兩只清亮的小月亮，妳恢復了一貫的理智：可惜，好男人太少了。

好男人除了才氣，還要有財氣，一般市井小民怎堪和妳匹配？於是妳只有在每晚研究星座運勢中打發下班後無聊的時光，日復一日孤枕難眠，思婚的妳不免焦躁起來，就怕年華老去，皺紋無情爬上妳美麗的容顏，讓妳失去主導愛情的最大本錢。說是專家不準，妳卻下定決心依著專家所言，換下黑白素裝，穿上紅、藍、綠等高能量的彩衣，等待妳的夢中情人現身，等啊等，終於等到了X。

愛上X純粹是一樁意外，人生本來就是一連串的意外，不是嗎？他是國外廠商的駐台代表，風度翩翩，溫文有禮，幫女性拉椅子、開車門的紳士風度，第一次見面就讓妳心神蕩漾，難不成他就是從愛到性都和雙魚座最速配的天蠍座？妳開始幻想起來，期待著每一次和他的聚會，漸漸地，談公事成了聊私事。那天在五星級大飯店水池畔的咖啡座，當妳確定他真是天蠍座的時候，窗外的秋陽穿透了玻璃，射進了妳的心底，一下子劈哩巴拉的燒了起來，穿透了妳的肌膚，直熱得妳必須不停的喝冰水降溫。

是的，這就是愛情，突如其來的瘋狂降臨，沒有預警的闖入了妳的生活，讓妳又哭又笑，卻活得生氣蓬勃、神采奕奕。妳笑的是總算盼到了個好男人，妳哭的是可惜他已經結婚了，但是，他隻身在台灣，不也算是單身嗎？妳頻頻安慰自己，凡事沒有十全十美，愛情也不會完美無缺，能千里相逢就是緣份，哪天分手就算緣盡了吧。心疼他無親無故孤單一人，妳開始認命扮演好情人的角色，除了下廚洗手做羹湯，還為他洗衣拖地。每一回的眼波流轉，都沁著濃情蜜意，濃得化不開，蜜得似焦糖，將他整個人坎到了靈魂裡。

感覺好像已經結了婚呢，而且嫁的是全世界最棒的男人！一天妳黏在他耳畔輕聲細語，手腳緊緊纏著他身體，希望就這麼躺著變成連體嬰，今生今世永不分離。妳的甜言蜜語其實是一種等待答案的暗示，在一起這麼久了，事到如今，他總該給個交代吧？那⋯⋯肚子裡的孩子⋯⋯妳打算什麼時候去拿掉？我下個月就要調回紐約了⋯⋯他臉色一變，用力掰開妳的手腳，冷冷地起身坐到床頭抽悶菸。煙霧迷濛裡，邱比特將愛神的箭從他胸口抽出來，一轉身飛走了。

原來，星座專家有時候還真準，為什麼自己從來不相信？妳摸著微微隆起的小腹，又哭又笑起來。

慾望の城之二

我。我

一個沒有臉的男子

我迷上了這種迷戀，
是冷眼旁觀的極端形式，
從中可以解讀我慾望的泉源，
儘管不知其所以然。

——羅蘭·巴特

我是個絕妙女子，從來就喜歡勾引，男人。

勾引像罌粟花，豔瀲嬌媚的在烈陽下展姿，不知卻是劇毒的淵藪；勾引也像酗酒抽大麻，耽溺其中會不知不覺的難以自拔。我絕非刻意，真的，只是老天爺生來給我一雙水靈活現的大眼；只要我凝視著別人，就能從瞳孔懾取人的魂魄，讓他們插翅難飛。這雙眼睛讓我身體的其他部位消失，讓所有男人視而不見我瘦弱平坦的胸部和如雞爪般的手腳，輕而易舉完成勾引的任務，喔，應該說是滿足我勾引的天性。

我的勾引完全沒有預謀，也沒有目的，經常發生在自由的狀態，只要我瞳孔捕捉住的焦點就逃不掉。我什麼也不必說、不用做，也無須施展任何肢體語言，只要凝視，是的，只要凝視我的獵物，他們就會神魂顛倒，我知道我的目光是饑渴的利箭，可以穿透他們的靈魂，進入他們的體內，撩撥起他們潛藏的慾望，讓他們朝著我走來，甚至試著走進我生命。示好求愛是他們一貫回應的老把戲，為的只是征服、佔有一個擁有如迷霧般夢幻大眼的女子。我從來不上當，冷靜的繼續用我的眼和他們周旋玩耍，直到將他們凌遲致死，肉體消弭剩下一堆枯骨。

所以，我從不和他們發生任何實質關係，勾引，只是我生命中不可或缺的遊戲，在公領域不斷發生，卻不曾涉入我的私領域，我從不帶他們回家，更不跟他們上床，勾引純粹為了消磨無聊時光。經常，我用我的眼執行任務萬無一失，一旦完成，我就覺得索然無趣，將獵物棄如敝屣，繼續尋找我下一頭獵物。就像現在，眼前的那個男人。

男人坐在靠窗的位子，正在閱讀一本英文雜誌，窗外灑落的夕陽餘暉劃破屋簷，將他剖成兩半，側面陰影散發著氤氳的鬼魅，桌上菸灰缸裡半根燃燒的裊裊輕煙烘托著，那如墮入暗夜裡希臘阿波羅神臉部的雕像剪影。好帥的影子，只是他的真實容貌呢？是如側面般的英挺，還是…如記憶裡一位眉眼俊秀的牙醫拿掉口罩後，一張暴牙之唇驚駭了我對美的既定概念。所以我只相信親眼目睹之美才是美。

這是一間午後的歐式咖啡屋，牆上掛著一張巨幅法國電影La Piccola ladra的海報，五〇年代法國女歌手Piaf沙啞性感的滄桑歌聲繞梁舞動著，我的一顆心隨著上下翻滾，在黏膩的異國香榭氛圍裡，我的眼睛凝視著男人的身影。寂寥的午後，寂寞的單身男女各據屋角一方，錯落的幾張桌子橫梗在我們中間，他那雙翻著雜誌夾著菸白皙修長的手指，穿透距離，深深牽引著坐在他斜後方的我。

我開始細細打量男人，身上一件灰黑色的棉質帶領衫，腿上一條米色的卡基褲，是Boss男人的品味，指上沒有戒指，手腕上也沒有戴錶，乾淨俐落的顏色穿著和髮型，應該是自然捲的髮根服貼的蓋在衣領上。香菸是一包紅色的Davidoff，在空氣裡持續發酵誘惑的氣息，我體內勾引的因子開始蠢蠢欲動。由他的品味看來，他的長相絕對不該太離奇。

我刻意揚起嗓門對侍者喊著續杯，其實是想引起男人的注意，只要他回過頭來，我就知道，他，一個陌生男子，有著英挺的側臉線條和修長十指的獵物，該是怎麼樣的容貌啊，該是如何讓我眼到擒來。男人卻沒有任何反應，彷彿和我處於迥異的時空。接下來我該怎麼辦呢？

看來這次的勾引比想像中困難，十分棘手。

我啜著燙舌的卡布奇諾咖啡，兩眼直盯著他的背影，心突然莫名的抽搐起來，那孤獨的背影是何等蕭條寂寞？沒有陪伴他的女人或男人，沒有一通電話，手機孤單的擱在桌面上，是最新的Nokia7650吧。想起一支手機廣告，女孩故意將手機留在桌上，跑出去打公用電話給自己，鄰座的男孩倉惶的接了，女孩說：響了七聲後才接，你還敢追我嗎？這是什麼意思呢？如果鈴聲一響男孩就接，就表示有膽了嗎？女孩的單刀直入，少了挑逗，少了欲擒故縱，不怕嚇壞了男孩？真是個不高明的勾引。我心裡恥笑著。只是，現在我能想出更好的嗎？如果他不給我張臉，我的眼怎地勾魂懾魄啊？

故意端著咖啡走過他身邊，將咖啡濺到他米色的褲子上，然後請他去我家洗褲子？唉，這是老掉牙的伎倆，乾脆，換個位坐到他身旁的桌子，假裝欣賞夕陽引起他的注意主動過來搭訕？還是…就走過去，說：先生借個火；或是：喂，先生請勿吸菸好嗎？還是，就直截了當地拉開他面前的椅子，坐下盯著他，只要盯著他的臉就好，但，如果那是張讓我意念全消、駭然失色的臉呢？

我的勾引亂了方寸，他卻一直紋風不動，動的還是只有那十隻手指頭，反倒是那白皙十指勾引著我？不，我知道是寂寞，是長久以來勾引偷偷豢養的寂寞，那隻潛伏甦醒的巨獸，正被一個沒有臉的男子背影無情的鞭笞著…不敢面對勾引沒有臉的男人下場，我不得不承認第一次我的勾引失敗。

我拿起皮包走出了咖啡屋，決心換個場景，尋找有臉的男子，讓勾引持續進行…

曼妙的網路情人之后

我從不能解釋，
爲什麼我愛上某一個人或某一種東西。

——惠特曼

有一種電腦叫 i MAC，很花俏很特別，就像我在網路扮演的角色。

i MAC和一般的PC當然不同，也不純然是MAC設計製圖專用電腦，而是融合了PC、MAC相容機能的混合型電腦。它現在是改良成液晶薄螢幕了，想當初我在網路活躍時，它還像個外太空人，頂著半透明的立體三角腦袋瓜子，似乎刻意讓人看得見裡頭的機組卻又分明看不清，吊足人的胃口；加上紅、黃、橘、綠、藍各種顏色的漂亮外殼，總是一登場就讓人眼睛一亮，蠱惑人心力道十足，就算從來搞不清楚什麼是MAC的人，也會砰然心動不把玩一會不行，有些人還因而開始沈淪，無法自拔的耽溺其中。

包括玩的人和看人家玩的人都為它瘋狂，這，就是人性的弱點…因為與眾不同，所以只能寂寞的孤芳自賞，卻因此吸引更多人的莫名愛戀。你不相信？那是因為你沒玩過。我的網路愛情，就是抓緊了i MAC的特色和人性的弱點，因此所向披靡，幾乎攻無不克的將我所有的網路情人要得團團轉。

首先我會以絕妙風姿在不同的網路討論區或聊天室登場，依各討論區的性質，使用變化萬千的甜美暱稱，除了發表關於i MAC的專業言論引人側目外，還會引經據典地說迎合各種場合和主題的花言巧語，將我的個人魅力發揮的淋漓盡致，騙得一個個自以為和我情投意合的男人的心。不，或許是女人的心。

反正網路虛虛實實真假難分，但我還是認真的當他們都是貨真價實的男人。在陸續收到的交換e-mail中，我會過濾、篩選出最滿意的網路情人和他們交往，卻從來堅持不留連絡手機、不見面，也明白的說是為了享受網路戀情的神祕快感，和現實世界裡不可能擁有的多重情人的特權。接受條件的人居然不少，或許我也只是他們蒐集的眾多網路情人之一；或許有人也以為我是男人懶得見面，大家彼此戲弄就好。在網路世界裡，真相根本毋須探索。

拋開性別究竟為何的疑慮，我和我的網路情人，最後不可避免的會進入網交的激情境界，奇妙的是，一樣透過冰冷的鍵盤，用指尖做愛，我卻可以感受到不同情人不同的體溫和高潮，然而，激情過後卻是一樣的寂寞和空虛，所以實在也沒什麼不同。但是，我卻會極盡所能的用言辭挑逗、愛撫他們，要他們一律奉尊我為他們的網路情人之后，一個身材火熱、長相豔麗、能說善道的曼妙女神。

他們在一封封寄到我不同address的熱情e-mail裡，傾訴著對我的情、我的愛，這總能帶給我短暫的快樂和虛榮，卻從來沒有人分享我的快樂和虛榮，因為網路是我的祕密禁地，我無法和人分享，雖然有時我還真的挺得意我的網路戰績。我越來越寂寞，和情人的對應成了例行公事，因為沒有結果的虛擬戀情怎堪網路現實的折磨？

於是我的網路情人來了又走、走了又來，他們去尋找新的刺激，我也等待著我下一個戀人上鉤。或許這中間，我和我曾經的網路戀人用不同的暱稱，在不同的情境再三交會過、做愛過，只是，又有什麼關係呢？反正，他們只是我心理和生理的調劑物罷了，在我安分沈默的真實生活裡，不會有人知道我用謊言偷偷地和這麼多網路情人交往，而且我認定，他們根本不是人，只是網路虛擬世界捏造出的幻影，同時騙取多少的愛情都不算敗德。

他的出現，卻打亂了我的網路戀情佈局和寂靜的狀態。他比我還懂得甜言蜜語；比我還懂得風花雪月，從莎士比亞的馬克白到村上春樹的地下鐵事件；從肯尼巴倫的神靈之歌到拉斯馮提爾的在黑暗中漫舞；從夾子電動大樂團的釘孤支到張作驥的美麗時光……而他從來不提網交，只說一定要心靈達到高度交合境界，才能行使愛之性行為，而且認定只有我才足以和他匹配，他尋找如我般，在現實世界不可得的完美女子已多時。

我為他為之傾倒，甚至失眠，對網路情人從未有過的渴慕之情傾瀉而出，尤其他一再聲明他高大英挺、瀟灑有型。是的，他是我夢寐以求的夢中情人，也是孤獨漂亮的 i MAC，我好想好想好想見他，就算偷偷看一眼也好。只怕，他不過也是一隻顛倒性別或誇大其詞的網路恐龍。

終於，我懷著一顆忐忑的心提早來到和他相約見面的地點，我提議在一家位於鬧區人潮洶湧的百貨公司門口，好讓我能輕易遁形或逃走。他來了，遠遠的走來了，我確信是他又不敢相信，因為他依約穿著全藍色系的休閒西服，提著一台手提電腦，他說那是我們的媒人非帶著不可；他越走越近，影像越來越清晰，我的心臟幾乎麻痺，不敢相信他真的如他所描繪，是那般的高大出色，更不可思議的是，手上那台notebook居然和我的i MAC手提電腦同色同型。而我，百貨公司櫥窗反射著的是一個矮胖臃腫、臉上長滿豆花的醜陋女子。

我如一隻蟾蜍般緊貼著他身邊走過去，聞到了他身上好聞的古龍水味，他皺眉嫌惡地閃躲了下，我卻覺得很滿足，全身因興奮而微微戰慄著。我深深偷吸了一口氣，決定一輩子記住他的味道。

一如我堅持的，我絕不和網路情人相見，同時，真的真的只要看他一眼就好。

大嘴之女的誘惑

誘惑是一種無法抗拒的神奇力量，
讓你勇往直前。

——無名氏

自認長得端正體面，我對女人的五官長相一向很挑剔，除了眉清目秀、鼻小巧而挺，還一定得配上一張嬌豔欲滴的小嘴，才會讓我想親近、想佔有。

所以看女人的第一眼，我不看眼睛、不看小腿，更不看胸部，只看嘴，那是女人全身最性感的部位，尤其塗了口紅的小嘴，滋潤飽滿如一顆成熟滾圓的紅櫻桃，流動著瀲豔的光澤，總是讓我神魂顛倒，從丹田湧起一口氣吞下去的慾望。

當然我必須聲明，我也曾經困惑於小嘴對我的誘惑、我對大嘴的排斥狀態。然而，在仔細對照自身寬大厚重的大嘴後，終於豁然開朗，原來基於互補心理作祟，我極度痛恨大嘴之女，更無法忍受和任何嘴大如我之女交往。

坦白說，不論在任何場合遇見大嘴之女，我總是視線旁移顧左右言他，然後隨時找藉口逃之夭夭。雖然非常沒禮貌、又沒風度，但是我無法克制對大嘴的厭惡，男人是嘴大吃四方，女人嘴大就破相，我不相信任何大嘴之女會有幸福的婚姻，更甭提會為夫婿帶來好運了。

就像我的母親從來未曾替我父親帶來好運一般。仔細回想，我的大嘴遺傳自我的母親，我那和父親吵鬧不休後離家出走的母親。從小就見母親喜歡站在村子口和鄰居聊天，甚至聊到忘了回家煮飯，到後來她迷上了打八圈，牌桌上可以更盡情談天說地幾個鐘頭。但是，這些全成了雞毛變隻雞的搬弄是非，替父親帶來許多困擾。父親為此責備母親，卻惹來母親驚天動地的謾罵叫囂，一張大嘴嘰哩呱啦不停的張闔，恐怕是她留給我的最後印象。她走後，我並沒有傷心欲絕，反而覺得耳根子清靜了許多。

或許這也是我討厭大嘴之女的原因之一吧。大嘴總是帶來厄運，這並非我危言聳聽，除了天生排斥外，我記得曾經看過面相學家分析，嘴大笑而露齦者必淫蕩，嘴大而齒暴者必言語無度，易搬弄是非，無形中也強化了我對大嘴女人的惡感，當然，茱莉亞羅勃茲、張惠妹這類中外大嘴性感美女是特例。所以公司招考職員時，身為人事主管的我絕對在過濾履歷表時，就先淘汰了相片上看起來嘴大的女人，更甭提在尋找親密伴侶時了。

因此，我交過的女朋友全是櫻桃小嘴的漂亮女人，包括新婚妻子小瑤。小瑤是我精挑細選後的最愛，她那弧度優美的小嘴，是我見過最美的，一張一闔時吐氣如蘭，還會發出銀鈴般的聲音，大珠小珠落玉盤般清清脆脆地敲在我耳膜，不論撒嬌發嗔噘起，或生氣傷心微抿時，都性感迷人的不得了。

最誘人的是，當她思索時，不經意的會眨著眼、嘟起嘴吹氣，將腮幫子吹得鼓鼓的，讓油紅的小嘴如雞屁股般翹得半天高，一隻油滑肥膩、香醇可口的紅燒雞屁股。我第一次吻她，就是帶著旺盛的食慾，趁小瑤在車上又嘟嘴時，歪過頭一口氣狠狠咬了下去，用自己的大嘴包住她的小嘴，心滿意足的吸吮啃食起來。

婚後我覺得很幸福，但是人世間沒有十全十美的事，雖然小瑤的小嘴我是愛死了，但是朝夕相處的激情總是越來越淡，像她卸妝後沒擦口紅的小嘴，便成了死雞屁股，蒼蒼白白地躺在冷凍櫃裡的那種，讓我食慾全消；還有，除了親嘴，在性愛過程裡，她的小嘴有的時候還不太管用，除了她不喜歡，她的嘴實在也太小了點。我

指的是　唉，猜也猜的到嘛。漸漸地，我居然有欲求不滿的空虛。

直到我看了所謂偷拍激情光碟後，我才恍然大悟，也才對大嘴巴的女人完全改觀。原來大嘴女人的性感是平常看不見的，嘴大，就美的觀點而言，看起來真的並不美觀，但是大嘴之女真正性感、真正誘人、真正讓男人沈迷或難以抗拒的地方，不在看起來怎麼樣，而在床上的使用頻率與技巧真的很怎麼樣。難怪和小瑤的房事我總是覺得無法徹底盡興。記得當我看得血脈賁張時，忍不住叫小瑤過來觀摩學習，她卻只瞄了一眼，立刻嫌惡的尖叫起來：噁心死了，我才不要看呢。

小瑤調頭而去，留下我獨自面對冰冷的電腦螢幕，心中悵然若失。老婆已經娶回家了，要改變她對性的觀念恐怕很難，同時她的嘴永遠不可能變大。從此我對大嘴的女人開始另眼相看，充滿了意淫的性幻想。對於潛意識的突變，我深覺羞愧，不過不能怪我，只能怪那張彰顯大嘴特色的煽情VCD。唯一聊以自慰的是，這件事證明了大嘴果真非吉祥之物。不是我喜歡褻瀆大嘴之女，是我個人奇特的經驗，讓我無法自拔的經常思考大嘴於我之利弊。

淫惡的大嘴腐蝕了我原本純正的心思，我開始注意大嘴之女，偷偷地注意，除了無法改變以往不願直視的習慣外，我怕明目張膽的盯著大嘴瞧，會勾起我潛藏的兇猛性慾，當場面紅耳赤。甚至因此招考員工時嘴的大小與否已無關緊要，在小嘴和大嘴之間，我開始感覺錯亂，明知如此對不起小瑤，對不起我對婚姻應有的忠誠之心，但是我無法抗拒對大嘴徹底認知後的誘惑。

我開始喜歡大嘴的女人，幻想有一天能和大嘴之女火辣的做一次愛。

我是你今生的新娘

有些男女沒有愛情，但必須結婚，
有些則雖有愛情，但不能結婚。

——富蘭克林

我要結婚，好像不明所以，其實是在接到他的結婚請帖後才匆促決定的……尤其是年底結婚旺季到了，做個漂亮的新娘該很應景吧？

接到他喜帖時我顫抖著打開信封，慢慢地抽出內件。他的喜帖是經過特殊設計的，紅色信封中間鏤空的心形，透出印著他和她小時候的泛黃照片，經過電腦去背合成處理，兩人牽著手看起來一副兩小無猜的模樣。喜帖封面，在心形照片旁的文案寫著：因為緣定三生，我們決定攜手共度今生。我冷笑一聲翻開裡頁，那是一般的喜帖形式：×家的長男和×家的次女，決定於某年某月某日共結連理，敬邀諸親友參加喜宴的時間地點。

我拿著喜帖發愣，他小時候的照片我當然看過，她卻是陌生的，看小時候的樣子並無法聯想，聽我和他共同的朋友說過，她並不美麗，甚至有點土，這年頭還剪著一排整齊的瀏海，看起來呆呆的。真不知道他怎麼會挑她？不要妳？朋友口氣不屑又懷疑，掃過我的眼光卻是同情不解的。是的，被他拋棄這件事，是我終身的恥辱，既然被迫發生了，我除了接受又能如何？

她是我的情敵，橫刀奪愛讓我馬前失蹄的情敵，我恨她，奇怪的是我好像並不恨他。我拿起請帖，低頭開始仔細從她小時候照片中的輪廓，假想她今日的容貌。一對淡眉小眼下壓著塌塌的鼻樑和略翻的嘴唇，想必放大後是更難看吧。這麼醜化她來安慰著自己，讓我覺得安心多了。我怎麼可能比不上她？就算新娘濃妝再怎麼巧奪天工，我精巧又細緻的五官只會錦上添花，怎麼樣都會是個比她美麗一百倍的新娘。

我來到珠寶店，看著櫥窗裡一對鑽戒發痴。那是白金鑲鑽的昂貴名牌戒指，躺在黑絲絨布中閃爍著幸福的光芒。每只鑽戒正中央坎著的鑽石，起碼有半克拉大，環繞的幾粒小碎鑽，像天上的小星星，在黑夜裡朝我露出頑皮的微笑。是在可惡的取笑我吧？

我賭氣似的刷卡買下了對戒，那禮服呢？白紗禮服和喜宴禮服都是婚禮當天最重要的盔甲，它們能遮掩身上所有缺點，讓新娘在結婚當天完美無瑕。我開始走訪愛國東路、信義路，復古的現代的婚紗坊，從Eden Bridals、Judy、白色階梯到法國巨星……我一件件的試穿和店員溝通討論，如何讓我露出雪白的肌膚，又能將略顯扁平的胸部烘托的高聳挺立。

白色婚紗，我挑定了一件高腰露肩長袖的歐洲宮廷復古款式，後腰上還打個大花結，錦緞的質材拉出高貴的尾飾，垂在拖曳的繡花紗紡裙擺上，一穿上就像依莉莎白那部電影裡的年輕女王，風情萬種，典雅迷人的傾倒眾生。至於頭飾，我決定將頭髮挽起，露出性感的髮根和頸部線條，他曾經在我耳邊呢喃過，那是我全身最美的地方。然後披上極簡設計的白紗頭巾，加上小巧鑲鑽頂冠，光華四射，一如我的待嫁女兒心。

我還精心挑選宴客禮服兩件，外加送客禮服一件，分別是最流行的金、紫、銀三色系，每件在胸口或肩頭都有同色系琉璃珠的匠心點綴，色澤豔麗但線條簡單俐落，一定能讓我那天艷冠群芳，把她給硬比下去，雖然我可能會忙得沒時間換裝，但是還是要先準備好以防萬一。

至於喜宴，我要定在和他同一天的同一地點，讓她也能分享我的喜悅。我到了那家酒店報上了他和她的名字，以新娘的姿態和經理研究喜宴菜單，從原先一桌一萬三千八談到一桌一萬六千八。當然，最後我決定菜色維持不變，桌數也不多不少，連酒也照挑十二年的威士忌，不喝台灣紹興。

辦完了所有結婚該準備的事情，我已經累得半死，但還是打起精神利用剩餘的一點時間，將準新娘該做的事鉅細靡遺的完成。我先去做臉、燙髮、染髮，再進入規律的食用健康減肥餐和參加短期一週的減肥療程，加上早晚喝高纖營養果菜汁一杯，做仰臥起坐一百下，還有慢跑一個鐘頭。

為了讓自己成為最美麗的新娘，我目標堅定、毅力堅強，看著好日子一天天的近了，不知是亢奮，還是健身有成，我臉上經常喜氣洋洋的帶著甜蜜的微笑，似乎時時提醒著別人：我要結婚、我要結婚了！當初被他拋棄的痛楚，為要和他同一天結婚的喜悅所抹平。千盼萬盼，婚禮終於來臨了，一大早我就趕去美容沙龍化妝做造型，回家換上白色的性感內衣褲，穿上白紗結婚禮服，戴上純潔的后冠頭飾，套上尖頭白色高跟鞋，再將結婚戒指套上手指⋯另一只男戒我帶著要替新郎親手套上。

今天是我的婚禮，艷光四射的我走進酒店宴客廳，看見所有賓客張目結舌的模樣，我就不禁得意起來，和她在同一天同一個酒店結婚，她怎麼可能是我的對手？我獨自一人走向主桌，他和她同時抬頭錯愕茫然的看著我，她果然沒我漂亮，但那雖然疑惑卻依舊幸福滿溢的眼神已經謀殺了我，既然我已經死了，她怎能還活著呢？

我拿起男戒先替他套上，再拿出藏在禮服袖口新買來的利刃 哈哈，將利刃插入她胸膛的時候，我便是他今生的新娘，唯一的新娘，一個純潔摯愛的美麗新娘⋯

性感的咖啡風光

最大的希望，莫過於讓你渴求我——
但願你只以我爲意，而我是你最好的選擇。

——茱蒂．葛蘭

性感的定義是什麼呢？能勾起性慾的才算性感。

性感對我來說卻毫無意義。我是個平凡女子，眉毛稀疏兩眼無神，前胸貼後背的洗衣板身材更和性感無緣。唯一被人稱讚過的就是：嘖嘖，妳的皮膚好白！一白遮九醜，這讓我好歹站在一群女人中間還不至於被列入拒絕往來户的那種，男人或多或少也會瞄我兩眼，但是這一切與性感無關，他們只是好奇為何有人如此之白吧。

所以我從來不對愛情抱任何幻想。

其實，我的白，部份天生，部份來自後天我的工作，我是某家大醫院泌尿科的護士，整天泡在超強的冷氣間裡，又長年不見天日，要不白實在很難，只是我比別人的白還要白一些些。從醫生到護士，甚至到院長，在一堆白皙皙的人中間，我實在厭惡了白，有時候病人烏黑光亮的肌膚反倒會引起我的興趣，覺得生命有一點生機、一點陽光的氣味。

醫院本來就是蒼白腐爛的地方，從牆壁到天花板到地板，處處花亮亮的一片慘白，連醫生或是護士的臉色也是一味的白，冷酷的白，沒有血色的白，如果不是礙著生老病死的人生大事，誰願意往這裡跑？像來泌尿科求診的，除了腎結石或是攝護腺炎這類病患上門，還有難以啓齒的性病感染者，或是來求助威而剛增強性能力的人。當然還有一些奇奇怪怪的病例求救，像把保齡球塞進肛門的、把原子筆塞進陰道的、陽具不小心折斷的⋯⋯

每當這些怪病例病患求診時，他們痛得死去活來但是都很害羞，對於醫生問為什麼會如此這類的問題都不肯作答。醫生心知肚明卻依例還是要問個清楚，否則病例怎麼寫呢？又怎麼對症下刀呢？一旁身為護士的我覺得羞赧嗎？當然不會，雖然我仍為處女之身，就像一個天天賣《花花公子》或《閣樓》雜誌的小販，翻閱這些書時還會覺得新鮮刺激嗎？一個A片男演員，看見裸體女人還會立刻勃起嗎？

性器官對我們來說，和鼻子眼睛一樣就是一般的人體器官吧。

坦白說，在隨時泛著淡淡防腐劑般刺鼻藥水味的空氣中，我可是看遍了各式各樣男人性器官的大小長短，不論怎麼風光體面的男人，只要褲子一脫，那話兒可都不太美觀，如果又生了什麼菜花、淋病、梅毒的話，那才真不是普通的難看。因為連男人最隱私的地方，我都瞭若指掌，關於男人，我實在難以感受性感。

雖然已婚的主治大夫對我很好，常常似有若無的朝我放電，可我才不想搞什麼診療室緋聞，同時我不相信他是真的對我有興趣，只是在朝夕相處的無聊日子裡，我是他唯一可以放電的女人之一，或許他對其他護士也是照電不誤呢。而其他的單身醫生不管對我有沒有興趣，我可是對他們都沒興趣，我才不願意讓已經夠慘白的日子，再增添一份白，更不敢想像那通常如漂白水泡過的蒼白無菌手掌，摩挲我的臉頰或愛撫身體時，可能帶來的冰涼觸感。

所以，通常下班時間一到，我將白色制服一脫，就急忙逃出這待了一整天，足以讓我窒息的空間。整天和男人女人生病的器官為伍，對我來說，真是夠了，只是，誰教我讀的是護理，又被這間好不容易考取的大醫院排到泌尿科輪班呢。為了工作，為了生活，每個生殖器官在我看來只是標本，有血有肉的標本，和一隻老鷹或鹿頭製成的標本實在沒有什麼不同。

不知不覺，我幾乎得了性冷感症狀，從來不想和任何男人親近，就連看到電影裡最基本的男女甜蜜親吻，也覺得嘴巴裡細菌很多，容易感染病菌，很骯髒。至於男女之間的擁抱做愛，就更別提了，任何一個穿了衣服的男人站在我眼前，總也像沒穿衣服一般的令我索然無味，毫無性感可言，更不可能會引起我的生理慾望。我認識的男人，都是朋友介紹或被父母逼著相親認識的。

不管這些男人來自何方，或身居什麼要職，我依舊對他們毫無反應，一見面就板著張臭臉，當然也讓他們對我興趣缺缺。有些媒人甚至因而懷疑我的性向有問題，偷偷提醒我媽：小心喔，現在同性戀那麼普遍，會不會妳女兒也是⋯⋯關於他們的疑惑我懶得解釋，誰會理解我對性感的定義呢？我依舊我行我素，活在一個毫無生氣的慘白世界裡，對愛情不抱任何幻想的世界裡。

直到一天，我閒來無事逛大街，無意間走進了一家路邊的個性咖啡廳，溫柔暈黃的燈光裡瀰漫著濃濃咖啡香，將我一身的慘白和氣味一掃而光。四下無人，滿臉熱情的老闆笑咪咪的站在吧台後招呼我，並要求我坐下讓他露一手煮咖啡絕技，不待我回答，他已經開始熟練地張羅起酒精燒爐。

我坐在吧台邊細細打量他，他腦後長髮紮了條馬尾，下巴留著一絡小鬍子，散漫的不修邊幅，著短衫的手臂粗壯結實，手背上濃密的汗毛捲曲地貼著肌膚，在爐子蒸發的熱氣裡形成了一幅性感的旖旎風光，我突然暖和了起來。

他的生殖器到底長什麼樣呢？突如其來的職業聯想，讓我臉上飛起了一陣駝紅，還好燈光替我遮了羞。他將咖啡送到我眼前，性感的手指上也有著粗黑的密密汗毛，我趕緊低下頭端起香醇的現煮極品咖啡，狠狠地啜上了一口。

滾熱的汁液一下子燙著了舌尖，原來性感當如是，我輕輕嘆了口氣。

檳榔西施的幸福戀曲

眞正的幸福，不在於拿到賭桌上最好的牌，
而是賭贏了及時離座回家的人。

——約翰－海

我是個檳榔西施，我只賣三粒一百的檳榔。

檳榔其實不是個好東西，聽說吃多了會得口腔癌，我不明白為什麼，直到有一天看電視剛好看見有一個醫生說：不論是檳榔青、荖藤或是石灰都有致癌的成份，其中檳榔青含的多種檳榔植物鹼和荖藤內的酚都有促癌的作用，尤其是荖藤含的黃樟素不但會讓口腔致癌，還可能引致肝癌等其他癌症⋯我才知道檳榔的可怕，但是我還是要賣檳榔，因為我只會賣檳榔，而且三粒賣一百。

為什麼賣得這麼貴？哎呀，你是沒買過檳榔嗎？就是可以摸我的咪咪兩粒，再加盒子裡的一粒，總共不就三粒了嗎？我這樣做也許對其他許多做清的檳榔西施不公平，但是為了要多賺點錢，我也顧不了那麼多了，反正摸一摸又不會少一塊肉，有什麼關係？不像其他兼做黑的，兩三千塊就可以賣一次，和妓女有什麼不一樣？雖然大家衣服穿得一樣少，賺錢可就各憑手段囉，我賺的和我的付出很平均，不會心理不平衡，從不覺得自己在做什麼下賤的工作。所以我很滿意現在的生活，根本不想談情說愛。

不論春夏秋冬，每天我都穿上最性感的衣服，就是那種去情趣商店買的鏤空胸罩和一線丁字褲，再披上一件短的不能再短的薄紗小罩衫，儘量露出我性感飽滿的青春乳房、肥美臀部，再在修長的雙腿套上十吋麵包鞋，冬天的時候只披件敞開的大衣稍微擋點寒風就算穿很多了。穿越多、賣越少，是檳榔西施的罩門，所以我只好越穿越少，甚至有穿也和沒穿差不了多少。反正男人就是愛看嘛！

坐在工作台邊包檳榔，我覺得很像櫥窗女郎，隨便過路的人看來看去，就算有歐巴桑經過的時候，看到眼睛差點「脫窗」，嘴裡還碎唸：「下肆下盡！」我也無所謂，反正不偷不搶，犧牲一點色相賺錢有什麼好大驚小怪的。不服氣？那你來賣賣看！看你一天能賣多少？一天兩百包是我的最高紀錄，除了過路客還有許多死忠的老顧客捧場。有一個男人就天天來，一次買一包，正常的一包，一包十粒那種，因為他不要摸我咪咪。

這真是個奇怪的人，不摸咪咪那來我這攤幹嘛？來向我買檳榔的男人沒有一個不色，先色咪咪的看我胸部，再盯著我屁股猛瞧，摸完了我的咪咪，還會順手吃我屁股的豆腐，甚至還會開價要我做那個。不管價錢開多高，我都堅持不答應，我只想當西施，不想當妓女。西施可比妓女好聽多了，不是嗎？那這個怪男人是個女人裝扮的，還是個同性戀呢？在這裡賣檳榔我什麼怪事都見過，還有人坐在車裡給我兩千塊要我看他打手槍呢，卻從來沒碰過這種事。

我開始特別注意這個男人，他好像真的和平常來買檳榔的男人不太一樣，中規中矩的長相，嘴角也沒有吃檳榔的暗紅污漬，開的是一部很普通的，但是很乾淨的黑色轎車，每次車子一停，不等我迎上前他就走下來：檳榔一包，要現包的。然後就一直待在我身邊看著我包檳榔。剛開始我是有點不耐煩，情願賣三粒一百的還比較好賺，後來看他天天來，也算是老顧客了，出手又大方，兩百、五百都不用找，又不對我動手動腳，我才認真起來，有的時候甚至多送他兩粒。

一天，他很晚才來，然後就不肯走了。難道他對我有意思？不會吧？我今年剛滿十八，他起碼大我十歲。你要幹嘛？我抬頭看他，這應該是我第一次看清楚他的臉，其實他長得還真不錯，眉毛黑黑、眼睛大大，鼻子和嘴巴也很端正，尤其是他的眼睛有一種很奇怪的東西，好像有電的感覺，讓我看了有點不好意思。你不知道吃檳榔不好嗎？會得那種會死掉的癌症喔。我只好沒話找話說。妳不要再賣檳榔了好嗎？要錢我可以給妳。他說：妳衣服穿那麼少．．．我會擔心。

什麼跟什麼嘛，從來沒有人擔心過我，他幹嘛擔心？吃錯藥了？我爸媽離婚後，爸爸走了，媽媽跟人跑了，我跟阿媽一起住，她從來不管我，也不知道怎麼管，國中還沒畢業我就開始衣服穿少少的偷偷賣檳榔，老闆換了好幾個，每個老闆都只關心我一天賣多少，從沒有一個人覺得我衣服穿太少，甚至還要我穿更少，今天居然有個陌生男人告訴我，我衣服穿太少，他會擔心。這種感覺很奇怪，突然讓我的眼睛熱熱的，好像沙子吹進了眼睛，可是那天熱的要命一點風都沒有。

從那天以後，他每天都來等我下班，帶我去吃宵夜，然後送我回家。這是談戀愛嗎？我不知道，但是我還是很高興，從來沒有一個男人對我這麼好過，而且都不摸我咪咪、捏我屁股。喂，你是不是有問題？別的男人都好色耶。有一天我們正在吃羊肉爐的時候，我忍不住問他。他沒有說話，只是笑著將我露出咪咪的大衣領口拉緊。那天天氣很冷，可是我不但不覺得冷，甚至還覺得好熱好熱，也許是吃羊肉爐的關係吧。

現在我是一家小水電行的老闆娘，我一樣在店門口賣檳榔，只不過是衣服穿很多的那種，而且一包十粒賣一百。我不再當西施了，老闆娘比檳榔西施好聽多了，不是嗎？

用感覺養貓的愛情

感覺是愛情的柴火，日夜不斷的消耗燃燒，
等燒成灰燼的時候，感覺沒了，愛情也消失了。

——佚名

我喜歡養貓，喜歡養各種不同貓的感覺，但是只要新鮮的感覺沒了，我就毫不猶豫的將貓送人，就像我離開每一個女人一樣。

我曾經養過放眼望去滿街都是的流浪土貓、活潑可愛的美國短毛貓、嬌豔嫵媚的金吉拉、孤僻神秘的暹邏貓、高貴優雅的長毛波斯、俏麗迷人的蘇格蘭折耳貓……我的貓咪品種越養越珍貴，離開我的速度也越來越快，因為這些品種名貴的漂亮貓咪輕而易舉的就能送出門，除了第一隻土貓咪咪，折騰了好久都沒人要，只好繼續收留，成為我養最久的一隻。在好長一段時間裡，不論我身邊的貓咪如何來來去去，都經常保持著兩到三隻的紀錄，而咪咪是唯一一隻固定飼養的。

咪咪，一個下雨天在路邊撿到的棄養家貓，黃色的虎斑、瘦小的體型、尖削的臉蛋，看起來毫不起眼，是那種看多久都記不起來長相的普通貓咪，或是在路口超商前頭來來去去都長得很像的流浪貓咪。當初只是因為憐憫，所以收留了牠，一養就養了十年，一如我的初戀情人阿萍。阿萍是我故鄉的青梅竹馬，從小一起長大，從來也不曾特別喜歡過她，一個尖嘴尖鼻的女孩，直到她爸爸因為賭博欠債自殺身亡，媽媽離家出走，兄弟姊妹流散四處，我才因為同情她照顧她，不知不覺讓她成了自己的同居女友。

這是有違我尋找戀人初衷的。一直以為自己的戀人，如果不能像關芝琳那麼美艷，起碼也該有張曼玉的清麗，誰知道阿萍只像在她們每一部電影裡串場的小配角，看過了就忘了，或許是根本不記得出現過的不存在。對這點我很不滿意自己，也很不滿意阿萍，我痛苦壓抑著，直到退伍找到了一份汽車業務員的工作，才告訴阿萍：我對愛情很自私，我對妳從來沒有真正的感覺，所以我必須到外頭尋找愛情的感覺。沒有愛情，我活不下去！我斬釘截鐵的說。

不管阿萍答不答應，反正我就是開始飼養各種不同的貓囉，每帶一隻貓咪回家，就是要讓阿萍知道，我正和怎麼樣的女人交往。剛開始，所有的女人都是我的客户，因為試車交車、售後服務的需要，我輕而易舉地找到了各種不同的感覺，每一種感覺的激情都挑起了我狂熱的生理慾望，不管對方已婚或單身，我一貫以感覺征服她們。我的心理牽引著我的生理，沒有感覺我什麼都做不了。雖然明知道自己道德標準低落，但是因為堅持愛情的感覺，讓我覺得自己人格高尚，個性坦誠，絕不是一隻追求肉慾的禽獸。

留美回來的Alana，滿嘴洋經幫英文，說話時的手勢，會經常隨著Well，You Know!的口頭禪揮舞，像極了一隻活潑的美國短毛；可美，紋了眼線的一雙媚眼總是勾魂攝魄的凝視著我，那金吉拉的狐媚眼神，讓我不能自拔；還有精瘦的米奇，銳如貓咪利爪的十指，做愛時總抓得我皮破血流，十足的暹邏潑辣本色；小裘圓潤飽滿的身軀，摟在懷裡和抱一隻滾圓肥胖的波斯沒兩樣，而她溫柔的磨蹭更像貓咪的撒嬌，讓我心猿意馬

多棒的感覺啊！我輕輕撫摸著每一隻貓咪，驚嘆著生命中感覺帶來的奇蹟。

我並不真的喜歡寵物，而是我把寵物當女人養，每隻漂亮的貓咪就如我生命中的每一個女人。一隻隻貓咪來來去去，一個個女人也來來去去，我從來不眷戀，也不傷心，反正人和寵物的關係本來就是如此短暫，養的時候真心疼愛，不養的時候也無須懷念，否則心怎麼夠用呢？多情只會傷身。

沒有一個女人怨恨我或和我糾纏不清，她們都遵守雙方事先說清楚、講明白的交往原則。如果沒有感覺了分手，絕對不是我的錯，每一次我都因為真的很有感覺而愛上，是誰讓感覺消失的呢？所以，被要求分手的女人總以為自己理虧，沒有維持感覺的神祕激素是她的錯。於是，我和我的女人分手總是乾淨漂亮，她們不但無怨無尤，還很願意繼續和我維持良好的純友誼，甚至幫我介紹客戶買車。其實，天知道，就是因為新的感覺來了，我才會對舊的沒感覺嘛。

最後，我遇見了俏麗迷人的瑪麗，我頂頭上司的老婆。一天上司國外出差，家裡遭竊請我去幫忙緊急處理，我就這麼和瑪麗勾搭上了。是瑪麗勾引我的，那折耳貓一般渾圓的臉蛋、兩隻無邪的水靈大眼，讓天雷勾動了地火。第一天見面沒事，第二天開始，她就一直打手機找我，不是要我修馬桶，就是換燈泡，這些事難道我上司都不會嗎？第三天她明白的説害怕，怕那竊賊會再來，便躲進了我的懷裡⋯

你單身，我離了婚，你一定要娶我！瑪麗不管我的感覺條款，硬是要將我的感覺轉換成兩人一生的共同感覺。我不肯，這次卻脱不了身，瑪麗真的和上司鬧離婚，東窗事發，不管業績多高，我還是被公司fire掉了。夜路走多了，難免遇見鬼，貓咪養多了，難免養到惡貓！我只好摸摸鼻子自認倒楣的回家娶了阿萍，替自己找個感覺護身符，免得將來再被惡女纏上身。

我和妻子之間的感覺協定是：除了咪咪，不可以再養其他的貓；女人，只要不帶回家就算了。

男人結紮輸精管的密謀

千萬句海誓山盟的情話，
抵不上一個不負責任的謊言。

——富蘭克林

我愛死了這個男人，因為我把第一次給了他。

女人的處女膜薄薄一片無關乎生命或智慧，卻是通往性愛極樂世界的一道窄門，是傳統女人貞潔的守門神，失去了處女膜，像是對純潔的告別，給的是丈夫，皆大歡喜；給的是情人，是最愛的獻禮，所以從來處女膜就被莫名其妙的崇拜著，儘管和處女發生關係的男人大部份都不是處男。不過這幾年，女人婚前失去處女膜好像是早晚的事，沒什麼大不了。所以我不曾為失去處女膜而悲傷，失去的那一剎那，我在撕肝裂肺的痛楚中，含著眼淚帶著微笑，因為終於有人要了它。

而這個人，是我在家鄉初戀的男人，當年他嫌我是隻醜小鴨，看都不看我一眼，而我總是騎著腳踏車在村裡尋覓他可能所到的蹤影，然後假裝若無其事的從他身邊騎過去。他結婚回鄉請客的那一天，我躲在一棵大樹後，偷偷看著，看著他穿著黑色新郎禮服英俊瀟灑的模樣，一旁那妖豔美麗的妻子，鑲滿亮片的紅旗袍卻很刺眼，上下披掛著黃澄澄的金飾更是俗氣。有什麼漂亮？根本就像一棵聖誕樹！這是我在極度妒忌中對她所下的結論。當禮車開走時，我以為再也見不著他們了。沒想到有一天，命運將我們三個再度連結在一塊。

再見面是我到台北找工作，居然去到了他的公司應徵秘書，意外相逢讓我真的既興奮又緊張，而他臉上也由詫異到堆滿了意外的驚喜，我怎麼也沒想到我就這麼錄取了。妳變漂亮了　我從來沒有忘記妳！第一次他咬著我耳朵喃喃自語的時候，我的心臟幾乎跳出胸口，雖然我不相信，覺得那是他編織的花言巧語，最終還是讓他脫光了我的衣服，讓他進入了我的身體。

我成了他的情婦，他說因為我給他的時候還是貨真價實的處女，所以他盡其所能的要在性上頭滿足我、取悅我。我想，其實他是要我離不開他。可是又有誰會要我呢？我和以前並沒有不同，沒有臉蛋、沒有胸部，更沒有身材，有的只是一張完整的處女膜。

我從來不問他和妻子之間的事情，知道了又能怎樣？但是我懷疑他妻子跟他的時候已非完璧，否則他怎麼會因為我給了他處女膜而感動不已？甚至因此去結紮。一次愛到最高點的時候，我怕危險期懷孕堅持不讓他射精到我體內，他才靦腆笑著說：放心，為了不讓妳懷孕，我已經去結紮了 我聽了嚇了一跳，心情立刻跌落谷底。他已經有了兩個小孩，當然可以結紮，但是我呢？我永遠不可能懷他的孩子了。這意味著我只是他天長地久的情婦，還是不留後患的露水姻緣？謝謝妳把處女膜給了我，我是真的為了妳才決定去做手術的。他終究射精了，滿足的抱著我。

為什麼是為了我？我懷疑他是怕我懷孕。情婦懷孕是偷情男人最大的災難，拿掉孩子表示對她的愛都是謊言，留下孩子卻又尾大不掉後患無窮。只是結紮對他這個才三十出頭的男人來說，可真是件大事。男人的輸精管最寶貝，是傳宗接代的命脈，是在每一次性活動中上億精子爭相出游的通路，是決定哪一顆精子能拔得頭籌贏得卵子青睞的跑道，是男人雄性激素的象徵，將輸精管切斷打結，男性雄威好像無形中就被殲滅了。

如此有情有義的男人啊，甘冒著可能失去男性雄風的風險，一反男人要求女人結紮或是避孕的沙文作風，為我在精囊左右各劃下了一小刀，為偷情的歡愉付出第一筆神聖的代價。

因此，就算我有點不悅，但還是非常感動，在性愛上也極盡所能的迎合他。說真的，他結紮後我們享受了很棒的性愛生活，至於他和妻子的房事我無權過問，也懶得思考，只要我和他真心相愛就好，而且我已經是他公開帶進帶出的老二，這讓我覺得心安，起碼證明他對我是認真的，於是對他是更死心塌地了，甚至暗自幻想著，只要有一天他妻子發生意外，我就可以順理成章的雀佔鳩巢。不幸的是，一天我為一位來找他的老朋友泡咖啡，才出他辦公室又折回問要加奶精或糖否時，我隔著門縫聽到了這樣的對話。

你幹嘛？兩個眼睛都是黑眼圈！小心一根蠟燭兩頭燒，活活燒到過勞死，嘿嘿，縱慾過度搞不好還會中馬上風呢，這麼愛玩還結什麼紮？真是自找麻煩！朋友揶揄他，他滿足又無奈的嘆口氣：唉，你不知道，我真是有苦說不出，昨天一口氣和她做了三次，回家老婆又要，只好奉陪。不過我告訴老婆結紮是為了我們的魚水之歡，反正已經有兒有女了，不擔心無後為大，我老婆還高興的不得了呢。

老實說．．．他壓低了嗓門，但我還是清清楚楚的字字聽進了耳：結紮只是我的計謀，我是不可能離婚的，也根本不可能給她什麼，早晚她會受不了的自動離去，我要讓她一輩子無怨無悔，哪天必須和她分手的時候，她不會恨我，在我曾經為她做結紮手術的感恩中離去，不帶一絲怨恨哪！

現在，我在這兒哭著昭告天下所有女人，當聽到一個男人說，為了妳他不惜去做結紮手術，千萬不要感激涕零，其實他是為了另一個女人！

秋風裡的愛情籤條

那是眞正的戀愛季節，
相信祇有我們，之前從沒有人，
之後也沒有人能這樣的愛。

——歌德

我在秋天的時候，常常覺得悲傷，尤其對愛情。

秋天蕭瑟的景象，總是流露著一股淒涼的氣息，白天紛紛飄落的梧桐殘葉交雜著在夜裡怒放的夜來花香，讓我莫名所以的焦慮，坐立難安的會為了確認愛情的命運而不停的去算命。在秋天蕭颯地氛圍裡，我總讓別人來決定我愛情的命運，雖然一直擁有愛情卻怎也捕捉不到真愛，只有追求天長地久的人喜歡算命，算著算著說不定哪天真能算出共度白首的真命天子。

幾年來，關於愛情，我什麼都算過，從紫微斗數、四柱五行、鐵板神算、米卦、摸骨、養小鬼、塔羅牌，包括最時髦的占星術，從幾百塊錢的路邊攤術士，算到深山小廟的三太子附身乩童，算到大隱於菜市場的算命仙，算到已經電腦企業化經營的命理大師，甚至打著T大心理系畢業的命理諮商師也都沒有錯過。

可他們算來算去沒一個相同，問其所以當然和流年有關，因為金木水火土天地五行的運轉，浩然生正氣，而這正氣卻也必須和人的生辰八字相呼應，今年算後年、明年算後年，同樣的流年卻有不一樣的愛情運勢。根據算命師的第一說法是，各家算法不同當然以他家為準，其餘不足掛齒，眾口一致的第二說法是，愛情的流年運勢當然會跟著時運改變，如果今年因為某種原因用某種方法改了運，那怎麼可能以後的運勢不會改變呢？

因此，雖然我陸續花了不少鈔票和時間，卻從來沒有肯定過我的愛情命運，從什麼時候會有姻緣，到什麼時候會離婚會再梅開二度，對我這已到了女人三十拉警報危險臨界點，還依舊小姑獨處的單身女子說來，真是沒一項靈驗。所以到目前為止，我只相信那說我是孤鸞命的大師。為了求證我孤鸞命的可信度，我只好繼續去算命，還開始試著改運，開始以密宗之法改運。

我會綜合各路密宗說法，跑到南陽街去買一塊三尺見方的紅布，密密折疊後安放在床底身體平躺的正下方，還會去買顆心形粉紅水晶球，擺在床頭右方四十五度角的床頭櫃上，還會在屋裡西南正方，我的桃花宮位置插上一瓶鮮花，最後，也沒忘了天天吃半斤豬肝配八兩青菜，就盼早日覓得良人。

算了又算，也積極改運了許久，我還是孤單一人。春去秋來，花開花謝，我對良人的期盼心情依舊旺盛猛烈，這才足以溫熱我在涼涼的秋天裡哀傷的心情，為什麼我的戀情總是短暫的在秋風裡結束？我不明白，也從沒有任何大師給我指點，我只好依循記憶裡的點滴拼命探索思考，從第一個遇見的男人，到最後一個離開的男人，到好久沒有一個男人是我的男人。

原來，我曾經依仗著年輕美貌，對身邊圍繞的男人嗤之以鼻，總以為最完美的還在後頭，於是喜歡或愛上我的男人，通通是我用來看電影、吃大餐、出國旅遊、逛街買名牌的刷卡機、付款機。我周旋在他們之間如魚得水，從來不曾出過差錯，不論是嬌嗔耍賴式的譏諷嘲笑，或帶雨梨花式的無理取鬧，他們都照單全收，就像我重重消費的帳單一般。

為什麼他們一個個的離我而去呢？我站在落地穿衣鏡前，前後左右打量自己，上圍坍塌下垂、腰圍不再纖細、臀圍急速膨脹，就算全身LV名牌打點妥當，臉上的皺紋還是悄悄蔓延，原來，再貴的胎盤原素精華保養霜和最新的脈衝光雷射美顏手術也難掩其頹敗。

他們陸續選擇在秋天離去，只是我愛情命運的巧合。

明白了愛情消失的原因，我才警覺到我根本不需要花錢去算命，只要去廟裡走一遭，求個心安理得，順其自然發展，靜待良人現身不就了得？要更靈驗的話，丟個香火錢五百也就綽綽有餘了。於是我脫下名牌洗淨鉛華，一身素雅的走進香火鼎盛的廟宇，擠在洶湧的人潮裡有樣學樣，先燒香拜天公及鎮廟諸神，然後擲筊抽籤。

三個正筊，我虔敬的默念簽號去拿簽紙，但求老天有眼賜我姻緣。籤上寫著：吉卦；意會神仙上九天，凡夫一笑且安然，世問多少何難易，得蹈雲梯路綿綿；解曰：求謀婚姻，家宅行人，得意云云。我雙手顫抖的緊握籤條，跪地叩首感謝神明指點迷津，這靈籤肯定勝過江湖術士模稜兩可的胡言亂語，看來路途雖蹣跚遙遠，良人卻早晚會現身。但是我依然沒有十分把握，一定得找廟公解籤信心加持才行。

我興奮的捂著胸口小心地跨過內院門檻，一條即將改變我姻緣路的斑駁門檻，多少曠男怨女蹣跚顛簸往來於此？來到櫃台，捐出少少香火錢五百，換我一世幸福。果然，廟公說的和我猜的沒兩樣，我的姻緣路崎嶇坎坷，但為了求得神仙美伴侶，等待絕對值得。彼時，一個中年男子也拿了張和我同號的籤條過來求解，都是上籤意味著什麼？我側頭傾聽，斜眼偷睇，想聽出一點愛情的關連，想看出一點愛情的端倪，而他正看著我，我看著他，瞳孔裡盡是彼此熟悉的寂寞流轉。

半晌，我和他一樣不年輕的臉龐同時露出了滄桑的笑容。第一次，秋天的晚風不再有涼意。

完美的鑽石情人

愛情牽涉著一種獨特、
深不可測的了解與誤解的組合。

——戴安・亞柏斯

我迷戀鑽石，相信那是愛情的種子，有成長的魔力，也像情人的眼淚，晶瑩剔透，只要一滴，就能讓人心碎。

因此，我喜歡到處鑑賞鑽石，拖著寂寞的靈魂，遊走於都市各個角落的鑽石棲身地，試戴各種新穎款式的鑽石精品，精挑細選的消磨時間，從不同鑽石的生產地到克拉、淨度、顏色、車工，都能夠瞭若指掌的如數家珍，儼然收購鑽石的行家，只是我從來不買。不論店家如何傾力推銷，或是願意給予相當的貴賓折扣，我總是微笑婉拒，不為所動地抗拒鑽石的誘惑。

我甚至掏出我的白金卡證明我不是買不起，而是堅信鑽石是愛情永恆的印記，應該是情人送給我表示愛情堅貞璀璨的定情禮物，讓我能戴著所有寶石裡最誘惑的光彩，配上完美無瑕八心八箭的邱比特車工，如一隻漂亮的孔雀張著迷離夢幻的尾巴，飛越時光隧道，來到鑽石打造的愛情國度永遠不死。可惜情人從來沒有出現，所以我只能默默在到處尋覓鑽石的時候，等待愛情。

而我唯獨鍾情鑽戒，那懸盪的鑽石項鍊或手鐲總是燃不起我身體愛情的溫度，只有冰涼的鑽石戒座套上我修長白皙手指時，我的愛情和體溫才會合而為一的燃燒起來，讓我不由自主的心悸、口燥、渾身滾燙，彷彿那如鑽石般堅貞的情人正用如鑽石般冰冷的唇親吻著我的手，告訴我，愛我生生世世，一如鑽石那純淨的晶體，是經過千錘百鍊才凝聚出的純潔姿態。

於是我帶著對鑽石情人的憧憬，在情海裡挑三揀四，每一個遇見的男人，我都暗地裡拿來和鑽石比較，是否有鑽石般外在的奪目光彩？內蘊的豐富涵養？堅定的不摧情意？精細的溫柔表現？然而沒一個男人能和鑽石匹敵。有亮眼的外表，往往膚淺浮華自命瀟灑；有深沈內涵的，卻又長相平凡、言語乏味，被鑽石寵膩成極度追求完美的我，怎甚降格以求？

我繼續耽溺於迷戀鑽石和以鑽石苛刻檢視男人的遊戲裡，樂此不疲。這是我的宿命。我安慰自己，誰教生來上升和月亮星座都在金牛的我，除了幸運寶石是鑽石外，金牛頑強堅毅的性格也照單全收，篤信星座和所屬的寶石搭配，會醞釀美好的愛情運勢。我想：只要繼續和鑽石愛戀，總有一天完美的鑽石男人會出現，那也該是我擁有第一顆鑽石的時候。我帶著虔敬的心情繼續等待，等待愛情等待鑽戒，直到他終於現身。

他和我相遇在愛情的國度：洛杉磯的鑽石崗（Diamond Bar），

也許真是天意，也許是我對鑽石的濃烈情意感動了上蒼，讓我去探親時在那裡遇見了完美的鑽石男人：外表和鑽石一樣亮眼出眾，高學歷、高收入的硬度和鑽石一般高，Perfect 10，豐富的學養一如鑽石的內涵，加上異鄉單純的生活，表現的愛情忠貞度也與鑽石相當，而溫柔細膩也和精細的鑽石車工符合。

一切滿意的令我驚喜狂顛，如此完美的男人為何過了三十而立還未婚？我不知道也不想探究，一如鑽石我已深刻了解。介紹的親戚說：人家眼光高，這裡的東方女子多是多，但他嫌認識的都不夠好 一眼看上妳就是緣份嘛。千里姻緣一線牽，我和他的心就這麼繫到了一塊，在一連串密集的甜蜜約會中，我更肯定平日對鑽石悄悄施展的愛情魔咒，在千里外應驗，讓我終於找到了一個從裡到外與鑽石同等級的愛情寶石。

我們算是提早度了蜜月，只差沒有入洞房。他開著車帶我遊遍了加州，從長堤海岸到優勝美地公園。我說我對愛情的期望，他談他對婚姻的夢想，我們情投意合到恨不得飛到拉斯維加斯找間教堂立刻結婚。但是，理智告訴我完美的婚禮不是如此的，也不該是如此，追尋完美已曠日廢時，我堅持必須有個完美婚禮，否則豈不前功盡棄？

臨上飛機前夕，難分難捨的情意催使我退而求其次，擁有了這輩子的第一顆鑽石，戴上了第一個鑽戒，是他匆忙中從百貨公司專櫃買來的一般款式，卻是我追求愛情的全部、無價的定情物。簡單的環形白K金座子鑲著一顆裸鑽，就像我們的愛情一般清澈透明直截了當，是彼此急於成婚的渴望，似乎理所當然的少了激情，卻多了兩地相思的牽掛和思念，和對下一次相聚的熱烈期盼，是鑽石角度切割出的繾綣戀情哪！

回到台灣，我早晚用手指摩挲著鑽戒，希望像阿拉丁神燈一樣，能將他變到近在眼前，可惜，他卻遠在天邊。左思右想，我甜蜜的拿出塞在盒子底的英文鑑定書看個仔細：南非天然真鑽〇．五〇克拉，色澤G等級，淨度區間在VS（肉眼無法看出的細小內含物）等級之間，14K白金鑲座，精緻細工。翻過背面，斗大的猩紅章卻蓋著：Imperfect！

我猛然驚醒，急忙拿到常去的鑽石名店請人鑑定。原來是個底部藏有直條裂痕的瑕疵品，肉眼細瞧即一目了然，而我卻被愛情沖昏了頭、弄瞎了眼。是個廉價的便宜貨？是欺騙愛情的幌子？是測試愛情的石頭？我忿忿地將鑽戒丟進了垃圾桶，我可以接受鑽石不是F1或D的超完美等級，卻不能忍受愛情是連S12和Z都算不上的廢物。

原來男人永遠不可能像鑽石般完美，我當下決定為自己買一顆鑽石。

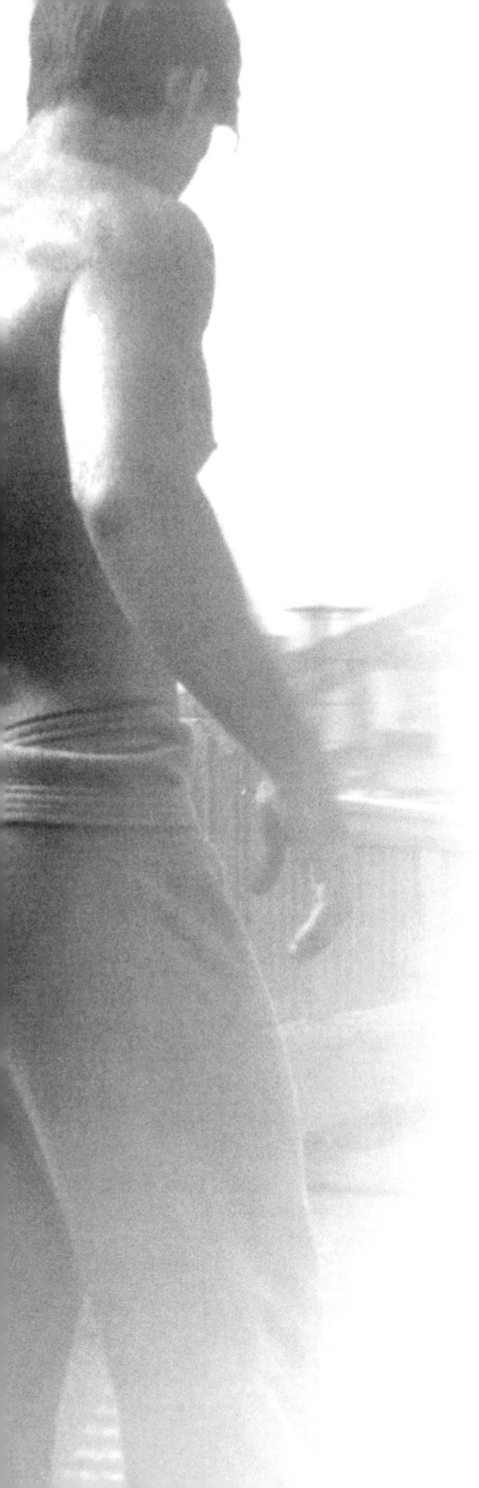

慾望の城之三

他。她

少了懷疑的醋滋味

懷疑是愛情的附屬品，
這懷疑越大，愛情就越熱烈。

——蕭伯納

她從來不忌妒他身邊的女人，她只是懷疑，只是吃醋。

基本上她認為懷疑和吃醋是劃上等號的，因為吃醋她才懷疑，因為懷疑，所以她才吃醋，而且她生性就愛吃醋、喜歡研究醋。醋入口雖是酸的，本質卻是弱鹼，人體酸質的肉身，可以藉吃醋來達到平衡健身的目的，同時還可以淡化黑斑面皰、美容養顏瘦身、消除疲勞、健胃整腸　總之，醋的好處說不盡，她以早晚空腹喝醋養生多時，養得身材婀娜曼妙，肌膚雪白嬌嫩，臉蛋還白裡透紅地幾乎彈指可破，年過三十，看起來卻只僅二十有五，還有許多人說她和一樣有張蘋果圓臉的法國女星：茱莉亞畢諾許，有著不可言喻的神似呢。

因為愛吃醋讓她駐顏有術，是她非常自鳴得意的地方，也是當初他不明就裡愛上她的地方，直到了交往一陣子，不經意看到她的駕照，才駭然發現原來她整整大上他六歲呢。說她是刻意的欺騙？絕對不是，只是她從來不提實際年齡，從來不會不打自招，所以沒人懷疑過她的年齡，他更沒想過她的年齡。反正愛就愛上了，和年齡有什麼關係？更何況，既然上過床，生米已經煮成熟飯了，他也只好接受這殘酷的現實。為何說殘酷呢？他承認他以前說過怎麼樣也無法愛上老女人的，那會讓他想到他的小阿姨，他的高中老師。

由於對自己的美貌有十足的信心，所以她不必忌妒、也從不忌妒他身邊的女人，那些和他一起在證券行上班的小姐，每隻都是美麗的花蝴蝶，可哪隻有她的本事，不必裝小、裝可愛就足以達到老牛吃嫩草的終極目的。打身高、學歷、薪水的三高角度衡量起來，他可是眼前最優的黃金單身漢呢，挑上她，也算是他眼光高吧。他和她除了相貌無法比較，年齡不可比較，她的學經歷和薪資沒一項不如他。所以她很放心，也很篤定：他絕對找不到比她更棒的女人。

但是懷疑就不一樣，懷疑等同她體內經常流動的醋意，會醞釀發酵，會吸收氧化，再透過血管中的血液遍佈全身，讓通體微微燥熱，心臟加速跳動，帶來那種奇異的莫名快感，使她耽溺在懷疑的情境裡，不可自拔。她先是懷疑他心裡沒有她，因為加班夜歸累壞了沒打電話給她，所以她吃他老闆的醋。再就懷疑他愛朋友勝過她，因為好幾次部隊同梯歡聚冷落了她，所以她吃他朋友的醋。然後，她還懷疑他不夠愛她，因為他每天一定打一通電話回老家問安，所以她吃他母親的醋。

每一次的懷疑，一定形成每一次爭吵的前兆，她心知肚明，但還是喜歡懷疑，如她嗜醋般的酸楚痛快。爭吵後帶來的微醺快感，來自不是酒而是醋的後勁，催促她順理成章的躺在他懷裡哭泣撒嬌、施蠻耍賴，彷彿生來就是比他還年幼許多的小女子，理當讓他呵護疼惜。

一次次的懷疑，一次次的爭吵，一次次的復合，打破了年齡差距的藩籬，使她深信他們彼此更貼近對方、互相更珍惜彼此，他們之間只有了解，沒有距離。愛，若不歷經一番寒徹骨，哪得梅花撲鼻香呢？尤其復合當下的狂烈做愛，如野獸般的撕扯過程，痛快釋放了所有的懷疑，每每讓她達到欲仙欲死的美妙高潮，真是讓她愛死了爭吵，不，應該是愛死了懷疑。

於是她由衷感謝她愛吃醋的本性，樂此不疲地變本加厲起來，開始趁他在浴室時，以最快的速度偷翻他的口袋、檢查他的皮夾、沒收他的發票、閱覽他的手機號碼紀錄⋯⋯總想找出一些讓人吃醋的線索，必須強調的是，這絕非懷疑他可能和別的女人有所瓜葛，她只想證明他對她的忠貞和坦白，不論他做什麼或和誰在一起，她都不在乎，只要他沒說謊。

然而，她始終找不到半點足以吃醋的蛛絲馬跡　有了，他怎麼可以將手機功能改為英文界面？所有的人名記錄全成了英文簡寫，到底誰是誰？誰又是誰？她已完全無法窺知。這讓她陷入極度瘋狂的懷疑境界中，她開始一通通依序的撥打，只要是女人接的，她便冷靜的掛掉再將人名簡稱和號碼記錄下來，拿到他面前興師問罪。這次他沒有憤怒，更沒有解釋，只是平靜地看著她說：我早知道妳偷看我的所有東西　難怪我媽早警告我，小心大上六歲的女人早晚會犯沖。

又是他媽？原來他還真長不大！他觸到了她的痛處，讓她氣得跳腳，毫不思索的以最惡毒的話回敬：犯沖？沒錯，人家也早就警告過我，年紀輕的男人根本靠不住，因為．．．她指著他鼻子一字一字慢慢地說很多都還沒斷奶呢，沒想到你就是其中一個！他臉色大變，甩了她一大巴掌。

她合理的懷疑成了殘酷的挑釁，挑釁她們原本脆弱的愛情本質。原來大六歲不但是問題，還早就是問題了。就是因為她潛意識裡擔心這個問題，她才懷疑，她才吃醋，她才想藉著懷疑的種種不堪，來忽略這存在的根本問題。他們的愛情藉著懷疑炙熱燃燒，燒盡了後立刻灰飛煙滅。

她和她的小男人分手了，卻還是一樣愛吃醋，可惜缺了和情人同桌品嚐的懷疑滋味，醋似乎變得少了什麼。

日本魔菇的恨意

人對人的恨像愛一樣，是沒有理由的。

——柴克萊

她從來不吃青菜，只吃菇。在開始流行吃菇以前，她就愛上了菇，從香菇、蘑菇、金菇到洋菇……

她喜歡菇入口滑溜，咬起來又飽滿多汁的感覺，如愛情般地豐富甜美。去超級市場買雜貨的時候，她也只買菇，買回家用滾水一燙，沾點醬汁就是一頓餐了。一直到無意間發現了一家專門賣菇的店，她才知道菇比想像中神奇多了。生在樹上的稱為蕈，長在地上的稱為菌，通稱為菇，不但有千百種，同時還有降血脂、強身抗癌的作用。所以這家店賣的菇，真是多得讓她眼花撩亂：鵝蛋蕈、珊瑚蕈、牛肝蕈、竹絲蛋、雞縱蕈、大腳菇、松茸……

於是她開始經常光顧這家店，品嚐各種鮮美的蕈、菌、菇，搭配店家號稱選用數種高山菇蕈及多年靈芝熬成的湯頭，更是美味。她越吃越上癮，覺得自己好像吃了日本魔菇，上了癮戒不掉了。日本魔菇含有裸頭草辛、西洛西賓等十種毒性，是二級管制毒品，也是她唯一不想吃的菇。嘴裡不吃心裡卻吃飽了，尤其當她在店裡遇見了他，另一個獨自來吃菇的男人，她就知道自己死定了，早晚會魔菇毒素發作，中毒身亡。

從來沒碰過比她還愛吃菇的男人，如同她想像中飽滿的愛情從來沒發生過一般。連著遇見他兩次，她的中樞神經開始產生幻覺，覺得這是上帝送給她的神奇禮物，雖然連那男人長什麼樣，她都不好意思仔細瞧。於是她去店裡吃菇前都會刻意打扮一番，穿上最美的衣服，還畫了細緻的彩妝，從一星期偶爾去一次，到幾乎每天報到，反正她上班好多年，存的錢夠她這麼吃一陣子。每次去，她都先替自己打個圓場，鼓著腮幫子笑咪咪的告訴老闆：你家的菇實在太好吃了。

好幾次她比男人先到。男人進來一坐上桌從來都用不著開口說話，服務生就會陸續端出幾類菇和湯頭，然後他就低頭逕自吃了起來，一副熟門熟路老主顧的模樣。她忍不住偷偷打量他到底吃怎樣的菇，卻發現他吃的都是馬蹄蕈、雞蛋蕈、喇叭蕈這三種抗癌的菇類。她看過這家店的菇類說明書，知道這幾樣菇類長期食用可以抑制癌症，她心底忍不住一陣淒涼，難不成他是個癌症患者？難怪他頭上總是戴著頂鴨舌帽。想著想著，她酸楚的笑了起來，以為這才是豐富的愛情該有的坎坷命運。她只好認命。

好不容易，一天客人爆滿，老闆請她過去和他併桌，她天天來天天等，等了那麼久，終於等到了機會，當然爽快的答應了，立刻落落大方的走到他面前坐下。他抬頭看了她一眼，這是他第一次正眼瞧她，憂鬱深邃的眼神直穿透她的身子，讓她背脊一陣發麻。她不明白，一樣都愛吃菇，為什麼她吃得圓潤肥胖，健保卡從來沒蓋過一個章，他卻吃得骨瘦如材，還得承受病痛死亡的折磨？她的心抽搐起來，於心不忍地滴滴答答落下淚來，為一個陌生人哭泣，眼淚卻掉在他面前，這種感覺還真奇妙的讓她哭得不可遏止。他皺了下眉頭，繼續吃他的菇。

她猜得沒錯，他是肺癌末期的患者，才接受了第二次化療，吃菇抑制癌細胞，是醫生告訴他的偏方。這次的機遇，拉近了彼此的距離，兩個人開始會不期而遇似的自然併桌，他才斷斷續續跟她說了些。他說到關於病情的時候，一副輕描淡寫的神色，讓她更心疼，決定在他有生之年要好好陪他。說不定你因為吃菇會長命百歲呢。她甜蜜的安慰他，決定賭賭看，反正她愛他，她要他。除此之外，她不知道，長年吃菇，持續累積的豐盛養分該何去何從？

她開始去他家裡為他煮菇湯，還特別千方百計的請朋友哥哥從巴西聖保羅空運珍貴的新鮮巴西蘑菇回來。這是比食用菇好上幾百倍的抗癌極品喔！她忍著荷包縮水之痛，撒嬌似的哄他吃了再吃，可是恐怕來不及了，他開始吃菇的時間太晚。醫生說：他的癌細胞已經轉移到淋巴腺了。算是宣判了他的死期。是他遇見她的時間太晚了吧？還是她命中註定的愛情太淒美了呢？

她第一次要讓他進入她身體的時候，其實緊張的要命，卻必須肩負起領航者的角色。虛弱的他其實是不能有性生活的，只是怕再不做就來不及了，她一定要在這次失去童真，以免遺憾終生。她緩緩地握住他的生殖器，直覺真像一頭鵝蛋蕈，龜頭就是菇頭，陰莖就是蕈身，連那顏色都很雷同，她以吃菇的歡喜心情舔了起來。可惜，他卻完全沒有反應，臉色還越來越蒼白，她停止動作，害怕的看著他不知如何是好。

他赤裸的身體上，只剩一頂鴨舌帽，滑稽的又讓她想起了彷彿也戴著帽子的球蓋蕈。她忍不住噗哧一下笑了起來。原來妳經驗這麼豐富。他冷冷地望著她，毫不憐香惜玉的用刀戳著她的心。算我看錯人了！他起身慢慢吃力的穿上衣服，走了，走出自己的家，留她一個人躺在昏暗的燈光裡。

那背影單薄的和任何菇都聯想不到一塊。她激動的大哭了起來，突然好恨他，恨他讓她吃了魔菇。

看不得的胸罩誘惑

所謂的戀人，就是在得到一切時，
相對的也失去所有。

——羅曼・羅蘭

他站在騎樓轉角處等著阿妹，他喜歡約在這裡等她。

騎樓一邊是超商，一邊是一家女性內衣專賣店，他喜歡約在這裡等她，是因為可以不露破綻很技巧的瀏覽女性胸罩的最新款式。透明玻璃櫥窗裡掛著各式各樣的胸罩，顏色除了一般白色、膚色、黑色、粉紅色，開運的紅、黃、藍、紫色也佔了不少空間，光是那紅就有鮮紅、橙紅、葡萄紅　各種不同的色階搭配著不同的款式設計：全棉素面的、花俏蕾絲的、鏤空繡花的、性感螢光的、無肩鋼絲的、全罩杯的、半罩杯的：：直看得他眼花撩亂。

他喜歡看女人的胸罩，是國中就養成的習慣，當時看見吊在曬衣繩上，夾在他和爸爸內衣褲中的女人胸罩，他就會胡思亂想。為什麼媽媽和姊姊需要戴胸罩呢？是因為她們胸部鼓鼓的嗎？為什麼媽媽的胸罩又大又寬，姊姊的又小又窄呢？但是樣式都很保守，乏善可陳。隔兩年，他讀了國三，姊姊念了大學，她的胸罩變成有蕾絲的那種性感胸罩，他就更愛偷看了，每每偷偷記住了顏色樣式後，然後到學校和同學討論，當時同學都喜歡偷看女人的胸罩，包括班上女同學，還會打賭哪一個女生到底開始穿了沒？

以前偷偷摸摸看女人胸罩，現在卻可以光明正大的看，時代真是不同了。他邊想著不知不覺身子就往正巧無人的店面挪了進去。和胸罩正面接觸感覺和隔著櫥窗瀏覽是兩回事。一個個胸罩掛在一支支堅挺的鐵架上，很空洞的商品感覺，和穿戴在女人身體上的飽滿性感根本無法聯想，不論是花色妖嬈豔麗或是薄紗鏤空，都無法挑起他的性慾。他覺得看胸罩的心態自己磊落大方，待會阿妹撞見，還可以一起討論呢。

替女朋友買內衣嗎？女店員不知道什麼時候來到他身邊，嚇了他一跳，急忙轉身，粉紅色制服下高聳的胸部差點頂到他胸前，是一具戴著性感胸罩的鮮活女體，和四周陳列的胸罩感應完全不同。這突如其來的情境轉變，害他全身一下子突然燥熱起來，像丟進沸水的蝦，立刻捲曲起紅咚咚的身子，深怕自己剝了殼後祕密被揭穿，只得唯唯諾諾的支吾著：她……什麼都有了。

怎麼可能？我們的水波胸罩可是前天才上市的，全台灣唯一的新款！女店員巴眨著眼睛懷疑的看著他，悠柔的香水味撲鼻而來，視覺的誘惑加上味覺的刺激，讓他尷尬的只得趕緊將眼光游移到店外，騎樓下雜沓的下班人潮一波又一波，似乎全部湧進了店裡，擠得他更喘不過氣來，只好暗暗祈禱阿妹趕快出現。

我身上穿的就是，你不覺得效果很好嗎？女店員胸部一挺，他收回的眼光正好落在那乍現的乳溝上，還沒回過神，她手上已經握著一件猩紅的碎花性感小胸罩，小的幾乎不可能包得住乳房的那種，翻開內裡遞到他鼻尖：這水波襯墊可是自然的如假包換，比海綿魔術的觸感真實多了，你要不要摸摸看：他急忙往後退了兩步，慌亂的猛搖頭，真不知道這種胸罩騙的是男人還是女人？

他就上過這種胸罩的當。以為很大的胸部其實真正小的可憐，女人買這種胸罩用來挑逗男人，把胸罩襯托的又圓又鼓，還能製造忽隱忽現的假乳溝，讓男人意亂情迷。挑逗行動結束後，女人回家脫了胸罩，低頭看見美麗高聳的乳房瞬間崩塌，不知道會不會傷心流淚？而且穿這種胸罩只能堅持到底不讓男人脫下它，否則一切的美麗幻想毀於一旦。或許，聰明的男人更不該主動要求脫下它。

記得交第一個女朋友阿雲時，自己就犯了這種致命的錯誤，當時涉世未深從未和女人有過肌膚之親，根本不了解女人胸罩危機四伏又機關重重。阿雲胸部看起來豐滿誘人的不得了，讓他連連性幻想不已，猴急的拼命向她求愛，還滿口花言巧語的發誓只要她願意給他，保證他一定一輩子愛她絕不變心。阿雲起先當然不肯囉，經不起他的威脅利誘，像什麼難道妳不愛我？妳要我去找別的女人嗎？終於害臊的點頭答應了。誰知道，阿雲胸罩一脫原形畢露，真是小的可憐，讓他當場不舉。

女人胸罩，少了空心鐵架，少了玻璃纖維人體或乳房的支撐，只是一團細心剪裁過的碎布，軟趴趴的一點神祕美感都沒有，實在讓他倒盡胃口，現在只有看不見的胸罩能讓他對女人充滿性幻想。阿妹不論穿任何衣服，他都盡情揣測她穿的是何種款式胸罩，連親吻或愛撫時也不脫光她的上衣，所以交往至今半年，阿妹一直當他是堅持不發生婚前性行為的正人君子。

其實，只有他自己知道，只要一剝下女人的胸罩，他的性幻想立刻煙消雲散。阿雲之後，他又交了第二個女朋友阿妮，他不敢再挑胸前偉大的女人，經他細眼觀察，經常穿T恤的阿妮看起來是點胸部、但不宏偉，這讓他安心不少，起碼不會被騙，沒想到阿妮胸罩一脫，乳房巨大的讓他幾乎心臟痲痹。原來她穿的是五爪鋼盔，就是把全身上下像包粽子一般，捆得緊緊的那種調整型內衣。從此他不再相信女人的胸罩了。

於是他轉移目標尋找下一個穿著不知品牌款式胸罩的女人，同時幻想著那胸前無限綺麗的風景。

時間的零和遊戲

當愛情還沒有完成一切儀式之前，
時間總是走得像跛子一樣慢。

——莎士比亞

她知道一切很難結束，就像他送她的那支腕錶，每天還默默地走著。

那是一支最新款的Calvin Klein手錶，優雅的銀色長弧邊框配上細細的黑色錶帶，黑底的錶面上只有銀色的CK兩個字和時針分針，因為沒有秒針，沒有1到12的時間格，所以沒辦法計算到底他們的愛情在歲月中醞釀了多少厚度，又流失了多少養分，周而復始，從來沒法子歸零。

那是他送她的生日禮物，在一起幾年，他不曾忘記她的生日，除了當天一定遣人專門送上一大束玫瑰外，精緻的禮物也會在浪漫的生日晚餐上備妥，從來不曾遺漏過什麼，就像他的人一樣，一切都很精準，準時上班，準時下班，準時約會，準時吃飯，準時上健身房，準時做愛，精準到她覺得他就像一支好錶，從來分秒不差，偏偏她是個完全沒有時間概念的人。

為什麼會愛上他？就是愛上他和她的不同吧。知道她經常忘東忘西，上班約會都遲到，除了每天morning call叫她起床，不論兩人要做什麼，他也一定在約定時間之前半個鐘頭打電話，提醒她該出門了，交代她別遲到了，數年如一日，從不曾間斷。也許有人會覺得他很囉唆，囉唆的不像個男人，但是她心裡是甜蜜的不得了。這就是愛情不是嗎？有人疼妳才會像只隨時撥好的鬧鐘吵妳啊！

那支錶是他到香港出差時在尖沙嘴的時間廊買的，先前他說要送她一支手錶的時候，她執意不肯，因為送錶和送鐘（送終）是一樣的意思，是情感上的大忌，是分手的前兆，但是他還是買了，說是要加強她的時間觀念。錶擺在一支透明的長條盒裡，像沈睡在太空艙裡的愛情胎兒，等著孵化誕生，不幸卻是死亡的輪迴，愛情歸零的開始。

就像她不祥的預感，送了那支CK錶後，他就開始遲到了、失約了，因為投入了忙碌的投顧事業，不再是單純的上班族，他說他的時間已經完全無法精確掌控，包括他的愛情，她call他，等他愛他，都沒法算計的成了另一種壓力，所以他很煩躁沒法再承擔更多的壓力，於是他說：我們暫停一下好嗎？讓我喘口氣，讓我調適一下我和時間的新關係。而且，我不是送妳錶了嗎？

她不置可否，看著手上嶄新的腕錶，從來在這份愛情裡她就是沈默的，一切以他的時間為時間，沒有自己的時間，就算有了一支分秒不差的好錶，她還是沒有自己的時間，她只能用新的時間算計他的時間。他又遲到了，他兩天沒打電話了，他的生日快到了，他一個星期沒來找她了，他出國還有三天就快回來了⋯她對時間敏感起來，分秒精確計算著他的時間。

他出國回來那天，她起了個大早將自己打扮妥當，開著車來到中正機場，在出境出口焦急的等待，一分一秒算著他即將出現，她要給他一個大驚喜，她一向喜歡賴床又懶得開車，所以從不曾到機場接過他。看著腕上的錶，少了秒針，只剩時針分針馱著她的情緒，沈重的走得好慢好慢，度日如年的滋味她第一次嚐到，而她度得只不過是分秒啊。

他出來了，她擠在欄杆邊用力的朝著他揮手，他的眼光似乎很有默契的也在人群中搜索，她興奮起來一顆心幾乎蹦出胸口，剛戀愛時候的激情波濤洶湧的朝她湧來，在她還來不及朝他奔過去的時候，一個穿著紅衣亮麗的身影擋在她眼前，滑進了他的懷裡，他甜蜜的眼神有了歸宿，定格在女人嬌媚的臉上，時間突然靜止了，他們怎麼消失在她眼前，事後她卻一點都記不起來，好像當時掉進了虛無的時間黑洞裡。

她決定要把他忘了，要將他們的愛情歸零，拿出了他送的所有禮物，全部一股腦丟進垃圾袋裡，她現在才明白，為什麼有人會在垃圾堆裡撿到貴重物品的原因。最後，她將手錶拿了出來，看了又看，決定將電池卸下，將時針分針全轉到十二位置的CK商標正中央，算把時間歸零，也算是愛情歸零的儀式吧。

她將錶放回時間太空艙，錶成了一具沒有生命的木乃伊，沒有表情空空洞洞的凝視著她，錶盒是棺木，將埋葬她今生的愛情。她嘆口氣，把錶連著盒子和電池全丟進了垃圾袋，接著開始刪除電腦中的e-mail、刪除手機簡訊、PDA裡和他曾經有過的所有親密接觸紀錄，似乎他從來不曾出現在她的生命裡。

歸零後再從零開始，她惶惶不安的不知要如何開始？鎮日魂不守舍的坐在公司電腦前，連最基本的key in工作都很費力，時間原來走得這麼慢啊。突然電話響了，是他低沈溫柔的聲音，一如以往：我生病住院了，好想妳　她的眼淚止不住的流了下來，這陣子來的委屈傷心全湧了出來：你在哪裡？我去看你。那個女人是誰？不重要一點都不重要，因為他已經走過時間的長廊，回來了。

然後她趕緊請假回家，慌亂的將丟在陽台已經泛臭的垃圾袋倒在地上翻找，沾滿漢堡汁的手錶盒找到了，電池卻小的怎麼也不見蹤影，她急忙將錶抽出擦乾淨戴上，決定趕快去配個電池再去醫院探病。

時間從來不曾停止，愛情終究是無法歸零的。她想，在黑夜裡笑了起來。

愛情魔法瘦身包

愛情不消說是精神上的，
也和肉體上的活動牢牢牽繫著。

——丹利凱

她不定期的在減肥，從認識他以後，就常常覺得身上的肉總是多一公斤。

為了這一公斤，她買來了一堆減肥書、減肥餐包，照著書上的三分鐘瘦身魔法勤做減肥操，依照食譜燉喝瘦身湯，還定時捏著鼻子喝下讓人作嘔的低卡營養餐包。平常堅持少油、少糖、少鹽的飲食原則，並精密計算著每餐的卡路里下廚：白飯一碗約二〇〇克（蛋白質八公克、醣類六〇公克、熱量二百七十二大卡）、煎魚帶骨約二兩（蛋白質七公克、脂肪十三點五公克、熱量一百四十九點五大卡）、雞絲黃瓜約一點五兩（蛋白質七公克、脂肪五點五公克、熱量七十七點五大卡）　總之每餐不能吃下超過六百二十大卡的熱量。

他太高太瘦，而她太矮太胖，走在一起總覺得有在第四台看過的西洋老片勞萊與哈台的喜劇效果。他不介意，她卻很自卑，決定迎頭趕上減肥這部時髦的列車。雖然他說她多一分則肥，少一分則瘦，豐腴的恰到好處，他說就是愛她那柔弱無骨的肥嫩四肢，捏在手裡滑溜飽滿，抱在胸前溫香滿懷，就像他小時候常抱著的一隻胖胖無尾熊，那是他離婚再嫁的媽媽從澳洲寄來的玩偶，是他的床頭寶貝，每天睡覺一定要抱著，還走到哪帶到哪，一直到四肢斷裂，棉絮跑了出來，才哭著把它丟了，那時候他已經國二了。

所以她既像他媽，又像他的玩偶，從照顧他的食衣住行到變成他的床頭寶貝，每天晚上一定要讓他摟著入睡才行，冬天取暖，夏天驅蚊，他笑說她肥嫩的肉質甜美、血液腥羶，蚊子只愛咬她。所以不管任何季節，就算兩個人做完愛黏膩的全身是汗，他還是非要抱著她才可以睡著。

對於她的減肥計畫，他一開始就是持反對態度的，何必多此一舉呢？反正妳越胖越沒人要，我就越放心。瘦骨嶙峋的他，總是用欣羨的驚艷眼光在她赤裸肥嫩的身上來回愛撫著，這是他們做愛的前戲，然後只要雙手抓緊她那豐滿白皙的胸部，他就可以輕易的達到高潮。妳渾圓的身軀就是我致命的春藥哪！他經常滿足的輕嘆著，再擁她入懷沈沈睡去。

他不知道，她就是為了他才拼命想減肥的，她才不會相信他的花言巧語，讓自己變得越胖越好，為了保持多一分則肥，少一分則瘦的完美狀態，她必須保持高度警覺性的實施減肥計畫，一個磅秤放在浴室最顯眼的地方，隨時提醒她該吃瘦身包了、該做減肥操了、該喝瘦身湯了、該煮減肥餐了……在磅秤指針往回彈跳一公斤後，她就又開始百無禁忌的大吃大喝，反正還可以瘦回去的，她想。

他卻開始不耐煩了。叫妳平常少吃些妳不聽，那就不用沒事就減肥啊，還叫我沒幾天就看妳吃那簡直噁心透頂的瘦身湯、減肥餐！他幾乎是咆哮的說著，嚇了她一跳，戀愛半年同居一年，他可從來沒對她大呼小叫過，八成他開始嫌她太胖了？她照著鏡子看著自己那號稱好命的雙下巴，和幾乎和胸圍成直統的水桶腰。怎麼辦？那更要加強減肥囉！這次減兩公斤好了。

她花更多的時間在正常減肥程序之外的搖呼拉圈、做仰臥起坐、平躺雙腳騰空踩腳踏車，一切可能快速減重的方法一併用上，連最愛喝的低糖可樂也禁口，開始以優酪乳取代，最近又喝起在同事之間流行的減肥茶，那是可以強化腸胃蠕動，在吃完了東西或是正在吃的時候，可以將食物立即消化排泄出來的神奇茶包。

最後，她還參加了針灸減肥治療，當一根根細如髮絲的長針依序插進她身上各部位的重點穴道時，如螞蟻輕啄的些微刺痛居然帶給了她莫名的快感，這才突然想起來，和他做愛她從來沒有達到高潮過。

她上班以外的所有的時間都在忙減肥，他氣得不見了蹤影，每天夜歸，晚上睡覺也不再抱著她，有時候甚至還抱個枕頭睡沙發。她也不再關心，她可不想一輩子當他媽和一隻可笑的胖玩偶。有一次他媽從澳洲回來看他，問他打不打算移民過去時，她第一次和他媽見了面，然後就發誓絕對不要像他媽，一個本來就胖、中年又發福到不行的肥女人。

這次在和以前一樣的一個月期限，她瘦了六公斤。望著鏡子裡的自己，因為瘦而眼睛變深變大了，雙下巴收了進去，瓜子臉蛋顯了出來，腰身成了葫蘆，胸部是更尖挺了。現在她開始在全身上下抹著剛買來的魔塑，那是一種能夠排除多餘脂肪、使肌膚結實緊縮的凝膠，希望像售貨員說的兩個星期見效，讓那依舊突起的小腹消失，她應該就快要近乎完美了吧。

對她減肥已經深惡痛絕的他，板著一張臉光著上身從浴室出來，看著他條條肋骨畢露的前胸，她突然覺得他實在太瘦了，瘦的像一隻營養不良的雞。她應該找個身材壯碩一點的才是，像常去公司旁邊買高纖餅乾那家店的年輕老闆，長得就不錯，整個人有點基奴李維的味道，還經常偷瞄她，那天趁店裡沒別的客人時，甚至告訴她：看妳吃我的餅乾真是變得越來越美了。

她回頭繼續在新買的跑步機上加速跑步，腳步輕盈。終於第一次她減肥是為了自己。

沒有子宮的女人

單憑美貌而獲得的愛情，那是非常脆弱的。

——里海爾

她長得花容月貌，卻有著不為人知的生理隱疾。為什麼女人要有月經？她最痛恨月經。

長期的生理腹部絞痛曾經讓她痛不欲生，痛到抱著枕頭像頭驢子似的在地板上拼命打滾。那種痛絕非筆墨足以形容，就如拿著一把尖刀刮著子宮壁，一陣一陣慢慢的刮，刮出一團團血塊，和著大量血水帶著刺鼻的腥羶味溢出下體。她必須按時吞下止痛藥舒緩才能照常上班，不過，不論用任何上好品牌的衛生棉、噴上任何高檔的香水，那下體散發出的濃烈異味，還是讓她很自卑，和任何人說話時總是刻意弓著背，使下身和對方保持適當距離。

所謂的好朋友、大姨媽根本就是向她索命的討債鬼！當它來的時候，她是拒絕和他約會的，這種難堪又難聞的生理景況，真是難以對他啓齒，更絕不容讓他看見她痛得披頭散髮的醜態，所以通常她會以各種理由搪塞，躲上一個星期，然後再容光煥發的出現在他面前，美麗如常。雖然在做愛的過程中，她也經常感覺不舒服、不自在，總怕有一天那一直不精準的經期，突然讓經血像泉水一樣的冒出來，把她和他的愛情淹死，因此反而忽略了子宮對她發出的性交疼痛警訊。

在一次月經來潮時，她突然覺得以往的劇痛變本加厲，彷彿整個子宮被子彈打穿似的四分五裂，她直覺的認為不對勁，恐懼在腦中一波波地跟著爆炸，便直奔醫院婦產科掛急診。超音波一照之下，醫生面無表情的說：有一顆大肌瘤，必須馬上開刀，不過　很容易再復發！他藏在厚厚鏡片裡的眼珠子，似乎在冰凍的冷氣裡結了霜，看不見瞳孔：如果不想生育的話，可以考慮做子宮切除！

天呀！她的心一下子跌落谷底，彷彿被判了死刑，渾身顫抖的腦中一片空白，她才剛過二十六歲生日，沒有結婚也還未曾生育過，難道就這樣要失去自己的子宮嗎？這是女人孕育胎兒唯一的珍貴器官啊。她整整哭了一個晚上，不相信命運之神如此無情，給了她美貌卻要回她子宮　輾轉難眠，半夜三更翻身坐起，決定打電話告訴他，他們原本打算明年春天結婚，他應該有權利知道。她才哭訴完，那頭電話線好像勒緊了他的咽喉，一陣死寂。

為什麼會生這種病？我看妳平常不是好好的，從來沒聽過妳那個來不舒服。隔天，他板著一張像白板的臉坐在她面前，她急忙將到書店和上網找來的一大堆關於子宮肌瘤的書本和資料攤開，他卻捨不得將眉眼挪下瞧一瞧。我……她百口莫辯，眼淚直竄出了眼眶，將資料滴糊了一大片。聽說……性經驗豐富、性伴侶多的女人，比較容易⋯⋯他字字斟酌，用冷酷又懷疑的眼光直盯著她，銳利的如一支子宮內視鏡，要找出她患病的可疑源頭。

那是子宮頸癌！這根本是兩回事！她心裡吶喊著，卻張不了口，所有的委屈憤怒湧到了喉嚨，卻立刻全隨著急促吞嚥的口水下了肚。她怎麼會愛上這麼個爛男人？她痛苦的用雙手搗著腹部，自從知道裡頭有個拳頭般大小的瘤，正日夜吸收她的身體養分持續長大後，她開始下意識的重複這個動作，像是要確定它確實存在，又希望它能憑空消失。

我⋯⋯愛妳，只是⋯⋯我是家族的長子一定要有孩子，妳明白我的意思，我恐怕無能為力⋯⋯他說，終於低下頭望著那堆資料，焦距定格在第一面的中心點不再移動，甚至連手都懶得抬起來翻一下。原先以為他會安慰她、鼓勵她，陪她一起走過治療的過程，也許只要開刀摘除腫瘤就一勞永逸了，她還是可以保住完整的子宮，為他生兒育女，而他卻連這點賭注都不肯下，他怎麼會因為一個子宮的存在與否來決定愛不愛她？難道他們的愛情連一個子宮都比不上？而且……他舔了下嘴唇，打算把話說完：妳這麼突如其來的告訴我，妳生了這種病……妳教我如何相信妳？她挪出一隻手將咖啡往他頭上澆過去，只想讓他從眼前立刻消失。

她開始恨她的子宮，卻又極盡所能的想保有它，那種愛恨交加的微妙情愫，隨著他的離去而逐漸發酵，只要保留子宮，還怕找不到更好的男人嗎？她立即要求進行腫瘤摘除手術，在腹部留下了不小的疤痕後，膽戰心驚的將全副心思放在子宮上，就怕哪天腫瘤又不知所以的復發。她開始小心翼翼的選擇食物，避開所有可能養大腫瘤的各類魚肉米飯，勤吃水果和白水煮青菜，同時在不能確定子宮的命運前，她不可能再談戀愛。

腫瘤還是不放過她，子宮也終究不屬於她，她為了保命成了沒有子宮的漂亮女人，切除了子宮，似乎切同時除了通往幸福之路，她止不住號啕大哭起來。醫生安慰著，說卵巢還會分泌荷爾蒙，而且性生活還會因為沒有後顧之憂而更盡興，除了不能生育，她和普通的女人沒兩樣。可是她知道是絕對不一樣了，沒有月經、沒有腹痛、沒有子宮，她不再是一個完整的女人，只剩下漂亮的軀殼。於是她忌妒所有有月經的女人，還傷心該上哪兒找不愛子宮的男人？

她突然後悔當初沒讓他見過她經痛的狼狽樣子。

免費的性感尤物

某些人，性愛的次數和性質，
早已達到精神所能控制的最高點了。

——尼采

他喜歡女人的腳，是不得已在枯燥工作中找出來的樂趣。

他的工作就是修鞋匠，包括補鞋和擦鞋。每天坐在一堆又臭又髒的鞋子裡十個鐘頭，他必須假裝自己是一條在海底專門清理穢物的魚，那是什麼魚他也不知道名字，是一次在轉到哪個什麼國家地理雜誌頻道看到的。那種魚身體不大，嘴巴卻不小，張著大嘴在深海來回啄食隱藏在石縫海藻間的微小生物，自己得以生存又可以打掃環境。對了，他想起來了，那種魚叫海底清道夫。

他也是清道夫，在街邊清理人們破鞋的清道夫，每一雙送來的鞋不管上不上油，他都必須先用絨布細細擦乾淨，然後才動手整修。做的雖是低賤的工作，但是他必須以最虔敬的心態看待，這才對得起死去的阿公、阿爸。很多進出理容院的或是路過的人都不明白，長得英挺又正值壯年的他怎麼會做這種落伍的粗活？總是好奇的瞄他兩眼。他低著頭，背脊卻挺得筆直，對別人的眼光視若無睹，記得阿爸説過：男子漢大丈夫，不管做什麼都要頂天立地。

其實他是身不由己，這是阿公留給阿爸的家族事業，阿爸身體出問題退休前希望兒子來承襲，他不得不從菜市場抽身出來，跟著在旁學上兩年，再接下這個攤位，就算老婆經常嘮叨著，他卻從無奈轉為認命，開始越做越有勁，在臭氣薰天的新舊鞋堆裡，偷偷欣賞女人的腳丫子成了他沈迷的樂趣。當然有些女人的腳背青筋暴露，趾節粗大，趾甲烏黑，比男人的還醜，這不在他迷戀的範圍之內。

只是他對小腳的迷戀從來不露痕跡，因為他幾乎是不抬頭的，通常都是要修鞋的腳兒來到他面前，脫下腳上的鞋遞給他換上拖鞋等，或是直接拿鞋給他，吩咐該修哪兒就離去，所以他拘謹的目光所及，只有一雙雙的腳，同時聯想什麼樣的腳會配長什麼樣的女人，甚至猜這女人是作什麼行業的。而他的猜臆總是八九不離十，這更讓他樂此不疲。

現在他坐在理容院門口的矮板凳上，低著頭專注縫補著一雙女鞋，女人恐怕是嫌他的泛黑塑膠拖鞋骯髒，將赤裸的雙腳踩在鞋面上，坐在另一支小板凳上耐心等著。他用力拔掉女人鞋子底座，再用皮刀磨底，一邊慢慢地磨，一邊偷看眼前的小腳一眼。通常他只要看一眼就夠了。就像算命仙看人面相一眼，就能看出前世今生或富貴貧賤的端倪。

這是一雙頭尖尖趾圓圓的腳，細皮嫩肉的十根趾頭像兩把打開的小扇子，弧度優美的陳列著，腳趾甲剪得乾乾淨淨，看起來很樸素，對照手上質地不差的矮跟鞋，該是好人家的女兒，做的該是稅捐處或銀行的工作。這附近有幾家銀行，裡頭上班女人的腳差不多都長這個樣子。對這種腳，他只限於純欣賞，它們和風塵女子的腳不一樣，連氣味都不一樣，不知道為什麼，他總覺得這家理容院小姐的腳，比較妖嬌比較性感，讓他比較有幻想。

這理容院是做黑的，所有上班的理容師從頭到腳都打扮的很豔麗，雖然身上穿著逃避警方臨檢的規矩制服，但是臉上濃妝豔抹，手腳也隨時修得漂漂亮亮，再塗上各色紅豔的蔻丹。或許是從不用做家事，晝伏夜出終日泡冷氣、沒晒太陽的關係，每個小姐的手腳都像幼筍般的白嫩，彷彿一掐就會溢出甜汁來似的飽滿，這和還在菜市場賣菜老婆粗糙多節的、沾著汙垢的手腳比起來，簡直是一道道美味可口的新鮮佳餚。

每天打從眼前經過，一雙雙穿著露趾細跟涼鞋的赤裸小腳，就成了讓他神魂顛倒的性感尤物，讓他不管寒冬酷暑的風吹雨打或日曬雨淋，一年三百六十五天，天天不打烊、不打瞌睡，嬌豔小腳是他的百憂解、快樂丸、威而剛，連閉著眼和老婆做愛的時候都拼命想著。不這麼想著，他恐怕早已在老婆面前不舉了。老婆孩子生三個又操勞過度的全身肌膚，摸起來像刮不乾淨的鬆軟魚鱗，讓他儘量扒下內褲就做了，雖然如此，他還是真心愛老婆的，從來沒對不起她過。

他沒事絕不進去理容院，除了借廁所，老闆只讓他用位於地下室尾端的員工廁所。每次低頭經過地下室一間間狹小的暗室，耳邊聽見如浪般淫穢的喘息聲嬌哼聲，總是讓他紅了臉，很快地逃了出來。

明白那些女人在臉和腳之間的身體是賣的，和不同的男人用馬殺雞的節數多寡來算錢，什麼全套半套的，每一套都很髒喔，他才不敢嘗試，雖然那些女人沒事就喜歡逗他：菸斗的，算你半價，來兩節吧！要不然就是：大帥哥，給你殺免錢要不要？

其中有一個叫阿嬌的，更是大膽，經常趁機吃他豆腐，在他經過時，會故意擋路摸他下巴，他閃躲逃走，她就順手再捏把他屁股。這種事總是惹得大家哄堂大笑，連老闆和保鏢都會跟著取笑他：連免錢的你都不敢，你是不行是不是？真是丟我們查甫人的面啊！

他才不要呢，他只要看著如象牙白玉鑲紅寶石的漂亮小腳就很滿足了，在欣賞的同時還記住了每一雙腳不同的氣味，女人不知道其實她們的每一隻腳趾頭都被他細細的舔過，吸吮過，然後送他達到高潮，同時全部免費。

愛情的魔髮和魔法

我祈求上帝來一個奇蹟，
使我變得漂亮，
我願拿現有的一切，
和將來可能有的一切，
去換取美麗。

——托爾斯泰

她有一頭烏溜溜的長髮，那是她施展愛情的魔法祕笈。

一雙如豆的瞇瞇小眼，一個像小雞屁股般噘起的小嘴，讓她長得如一隻經常鼓著腮幫子的八哥，從小就得不到男生青睞的眼光，還經常被取笑，讓她傷心的嘴噘得更高，從八哥變成了鸚鵡。直到大學畢業前，她一向都是幫去約會的同學揹包包、當電燈泡的份，雖然她天生有著銀鈴般的清脆嗓音、三十二D的豐滿胸部、修長的雙腿，卻總敗在那張可笑的臉上，讓人看了就覺得滑稽忍不住偷笑，怎會我見猶憐的想親近、想追求呢？直到她發現了長髮的祕密魔力。

以色列大力士參孫，他的魔法來自他的頭髮，那一頭烏黑的長髮，從生下來就沒剪過，耶和華和他有約在先，如果他將頭髮剃掉，就會失去神奇力氣遭遇不幸，所以參孫的頭髮長得不可計量，只要頭髮越長，力氣就越大。一次，他和父親去相親的途中，走到亭拿山，還赤手空拳打死了一隻擋路的獅子，如打死一隻小兔子般的輕而易舉。不幸，最後還是被妓女妻子大莉拉出賣，灌醉他再剃掉他的頭髮，讓他魔法消失變成凡人……

當她讀到參孫故事的時候，渾身輕輕顫抖了起來，喉頭還發出咕嚕咕嚕的聲響，知道自己終於得救了，如果也有一頭不可計量的長髮，讓她的愛情魔法從無到有，甚至隨著頭髮變長而變強變大，那是否就可以反敗為勝，從愛情的棄嬰成為愛情的寵兒呢？而一貫乍見她的男人，是否就會由以往的矜持冷淡，甚至偷偷地訕笑，轉變為傾慕眷戀呢？只要擁有長髮，便擁有轉變愛情命運的魔法？

看著鏡中的自己，可笑面貌配上一頭捲曲焦黃的染色短髮，更是平添了幾許荒謬，好像上帝開了一個玩笑，把芝麻街裡大鳥布偶的頭冠，變成了她摘不掉的髮套，那枯燥的質地老氣橫秋的造型，使她更像一頭無精打采的八哥，一隻沒有人垂憐的家禽，註定孤孤單單的引頸企盼愛情，等待愛情發生的奇蹟。

於是，她開始注意留長髮的美女、留長髮的巨星，從蔡依林到莫文蔚到徐若瑄，開始極度幻想自己頭髮留長的模樣，雖然五官絕對比不上，但只要有了一頭和她們一樣烏溜烏溜的如絲長髮，恐怕魅力也相差無幾吧！她的幻想確實過了頭，卻激勵著她立即展開行動。

於是，她開始寶貝她的頭髮，先用藥水洗直，再每天洗髮，早晚倒著扒梳五百下，按摩頭皮五百下，加速血液循環，讓頭髮能在最好的狀態下，充滿被她呵護的愛的能量中，趕快長長、不停的長長，直到愛情魔法誕生。為什麼不是四百或六百下呢？因為愛情生肖星座祕笈寶典這類書裡頭說，她的幸運數字是五。

就在頭髮才過肩，她就迫不及待的去燙了離子燙，模擬長髮披肩輕柔飄逸，還熠熠生輝的美妙情境，果然，立刻年輕了五歲，回到了她實際的年齡，兩個胖胖的腮幫子被垂直髮際削瘦不少，雖然眼睛依舊小如豌豆，起碼有了點林憶蓮的味道，連雞屁股嘴巴也居然性感了起來。

神奇的，每一個男人看她的時候，幾乎眼裡帶起笑來，她似乎真有了魔法，能用髮上靜電把愛情分子吸附過來。和他第一次見面，他炙熱的目光來回在她的長髮上穿梭不停，最終停留在她臉上，再對她溫柔露齒一笑時，她懸在半空中的心霎時放了一串長鞭炮，劈哩啪啦的響個不停，恭喜自己旗開得勝，長髮魔力無法擋的吸引了愛神來臨。

可笑八哥成了花仙子。婷婷裊裊婉婉約約的不食人間煙火，像極了胡因夢。他說，這是他第一眼就看上她的原因。這可超越她的想像範疇，沒想到，長髮的魔法能徹底讓人脫胎換骨，讓愛情矇蔽現實，其實她是連書都懶得翻的人，除了報紙雜誌的影劇八卦新聞，可以如數家珍的倒背如流，其他的她，實在乏善可陳。

她感激她如參孫的長髮，讓她等到了愛情，迷惑了一個條件很好的男人。於是她更疼愛，不，應該說是膜拜自己的魔髮，除了一貫的細心保養，還隨時不忘搔首弄髮展現魅力，要讓除了自己男人以外的男人，都能持續被吸引、被勾引。或許潛意識裡，是要報仇，為了當初被取笑的小八哥報仇。

連做愛的時候，她都堅持採取女上男下的姿勢，如此那一頭漂亮的長髮，就能隨著她身體的狂顛亂舞，半遮半掩這生來就可笑的臉，綻放朦朧又妖媚狂浪的風情，只有這樣，她的愛情魔髮才能和性愛完美結合，在魔法加持中，靈肉合一高潮迭起，成就他對她一世不悔的愛，絕不會像大莉拉般用計剪了參孫的長髮，讓魔法破功。

她長髮及腰功力大增，但還是破功了，破在一個剪著俏皮短髮的女人手上。他要離開她的時候說，他已經受夠了，受夠了她那一頭如影隨形鬼魅魍魎的恐怖長髮，連做夢都夢見被她的長髮勒頸窒息而死，所以他必須趕緊逃走，逃到一個短髮女子身邊呼吸重生。

為什麼妳永遠都不剪妳的頭髮呢？他咆哮的丟下最後一句話，
然後消失，消失在愛情的魔法裡。

古鏡裡的生死迷情

在一個人未死之前，不要說他幸福！

——艾斯奇魯

一張老舊的古董梳妝台，見證了她忠貞的愛情。

這張看起來像高背椅的梳妝台，已經破舊不堪了，褐色的漆早已褪色，邊緣斑駁破損的露出了蟲蛀的木心，搖搖晃晃的兩支把手間，卡著一片凸形墓碑似的厚木板，左右低矮的部份各自挖空，嵌著張民初打扮的女子畫像，中間隆起的部份分成上下兩段，下邊是一小張同樣穿著的女子，伴著一隻貓和一束夜來香的拼圖，上邊是一面模糊的長鏡子，曖昧不明地照著這個世界。

梳妝台是屋主祖先留下來的吧，這麼老的家具，如果不是這麼破爛，應該是很值錢的老古董呢，聽說古董陰氣重容易招邪，但她不怕，還將阿永的兩寸黑白半身遺照貼在鏡面一角，好教他看著自己擦胭脂抹粉的，就像以前一樣。有這些女人陪伴，他就不寂寞了吧？她細細看著阿永和畫中女子。當然她也喜歡這面鏡子，讓她看不清自己臉上未老先衰的皺紋，每天傍晚起床對著梳妝半天，再漂漂亮亮地摸黑出門拉客。客人找回來後，她會拿塊黑布將鏡子蓋起來，和別的男人做那檔子事，可是千萬不能讓阿永看見的。

她租的是間藏在鬧市巷子底的危樓，木製樓梯踩起來會伊啊伊啊的窮響，窗子風一吹也會唧唧哎哎的亂叫，連鏽了的門鎖都搖搖欲墜的，加上滿屋子的陰寒溼氣，肯定是間很久沒人住的廢屋，要不是看它一個月三千塊的租金便宜，接客的時候又很隱密，不容易被警察抓到，她才不肯住這種鬼地方呢。

下雨天，通常是她休息的日子，於是她會下廚做幾道好菜，阿永愛吃的好菜，像什麼麻油燒雞、蚵仔豆腐、乾煎鯧魚啦，一邊吃一邊和阿永說話，順便陪他喝兩杯，還唱幾首歌給他聽，最近剛學會一曲世間情，唱著唱著不禁就會流下兩行清淚，直流到心坎裡：

因為一句我愛你，害你為我受盡世間酸苦味，因為一句我愛你，使咱兩人墜落無底的深坑，我對月亮講詳細，天涯海角受盡風霜也要陪伴你，請你保重，請你保重，世間情，使人心悲傷

每當唱得入神，鏡子裡阿永就會笑吟吟的走出來，坐在她面前，像以往一般地輕輕撫摸她的臉、她的唇，然後深情地吻著：．．好幾次，暴雨萬馬奔騰地敲打屋頂，冷風穿透窗櫺直颼颼地刮到臉上，才讓她在黯淡的燈影裡醒了過來。不過她絕對相信阿永剛剛來過，否則那高粱怎會少了大半瓶呢？我：．．愛妳，就算死了，也不會不理妳的！這是阿永臨終時留下的最後一句話，為了這句話，她撐到今天，就是相信阿永不會拋下她和孩子不管的。

她去站壁是情不得已，是為了寄奶粉錢回家鄉給照顧兒子的婆婆，阿永不會怪她的，只是他恐怕也不太歡喜，要不然為什麼每次人客正和她相好的時候，總聽到樓梯傳來窸窣的腳步聲？一步一步一步上來到門口，然後停住。這讓她不得不在身上男人的喘息聲中，張大眼睛豎著耳朵仔細聆聽，任憑男人粗魯的進出她赤裸的下半身體。幹，妳死人啊，老子花錢找衰啊？完事後男人總是憤怒的丟下鈔票，咆哮著走人。她知道是阿永在作怪，害她永遠拉不住老客人，只好不停的降低價碼，五百一千也做。

這天又下雨了，她一邊數著這幾天掙來的一小疊鈔票，一邊朝鏡子裡的阿永噴了幾口長壽，塗得鮮紅的指甲，輕輕地滑過阿永的臉，煙霧迷濛裡，阿永笑得很牽強，好像眼角還滴下了幾滴淚。阿永，不要怪我，你要保佑我多賺錢把孩子養大啊！她急忙拿紙巾去擦，這才發現是自己流的淚沾到指尖，才流到阿永臉上去的。這時候，暗夜陰沈的雨聲裡，樓梯口又響起了腳步聲，一步、兩步、三

步　來到門口停住了。阿永，是你嗎？是你來找我嗎？這次，她房裡沒有別的男人，管他是人是鬼，這回一定要和他當面說個明白。

她喊著衝過去用力拉開門，門鎖匡噹一聲掉了下來，門外根本沒有人，地上卻有著一灘濕淋淋的男人大腳印。她衝出去，站在樓梯間窗口，朝著漆黑的夜空聲嘶力竭的喊著：阿永，你轉回來啊！她的嘶吼聲被大雨吞沒，臉上濺滿了豆大的雨滴，一雙男人的大手突然從背後緊緊箍住她，滿身的臊味衝鼻而來，一嘴黏答的口水貼上了她頸項　這不是阿永的氣味，她直覺地拼命掙扎，回過頭來用力一推…是巷口那個骯髒的流浪漢！阿永，救命啊！救命啊！為了阿永，她要守住貞操，絕對不能被強暴！她拳打腳踢使出了吃奶的力氣。

幹妳娘，妳這個探吃查某，假仙什麼？我偷看妳很久了，今暝讓老子爽一下會死嗎？男人的拳頭如驟雨般的敲擊在她頭上，她痛得眼冒金星還是奮力掙扎，突然一把亮花花的匕首指著她，在空氣中陰森森地泛著綠光，她不要命的衝上前一口咬住流浪漢的手腕虎口，流浪漢痛得鬼哭狼嚎起來，將匕首用力一舉往她胸前插下…

妳是說那個強暴犯自己從窗口掉下去，刀子插到胸口才死的？刑警用凌厲的眼光逼視著她。是的。她篤定的回答，眼神飄過刑警肩頭，遠遠看著正對著她微笑的阿永。我個子這麼瘦小怎麼有力氣推他下去呢？她說得更理直氣壯了。直到辦案的人全走光了，她趕緊回頭仔細看了下鏡子裡的阿永，照片上胸前怎麼多了幾點污漬？她走過去伸手擦拭，指尖上立刻一片殷紅，是鮮血，原來匕首刺中了阿永，是阿永為了救自己所流的血啊！

他受了傷還有力氣幫我　她照著鏡子，甜甜笑著，將沾滿鮮血的手指放進嘴裡慢慢舔了起來。

西伯利亞歇斯底里症

愛一定要視作虛幻那樣不神聖？
或是一種單純衝動那樣卑鄙？
或是一種疾病那樣可怕？

——馬爾提諾

他第一次看到她的時候，就不可遏止地愛上了她，尤其在她展露那太陽般的笑靨時，他的心瞬間便墮落了。

記得當她笑著告訴他手上這本村上春樹的小說，提到一種稱之為西伯利亞歇斯底里的症狀時，他聽而不聞，只痴痴地望著她的笑容。那是一個經年累月住在西伯利亞荒野的農夫，每天日出而作、日落而息耕著田，眼睛所看見的除了單調的太陽和一望無際的地平線，四周什麼都沒有⋯⋯有一天，農夫體內有某個東西忽然死去了，便丟下鋤頭一直朝著太陽之西走去，著了魔似的走啊走啊，直到筋疲力盡而死。農夫體內到底死了什麼東西？那落日的西方又有著什麼祕密？村上春樹都沒有交代。

到底是什麼呢？她收斂了笑容，疑惑的輕輕闔上書本，哀傷地鎖起細細的柳葉眉頭思考著。當然是因為太陽之西可以讓那什麼死去的什麼鬼東西死而復活嘛！笨蛋！他忍不住脫口而出。可是也不一定有什麼啊，或許什麼都沒有不是嗎？為了證實所言不虛，她抿起菱角似的嘴唇，將書攤在他眼前要他看，委屈的幾乎要哭了。當時他是邊和她爭辯著、邊罵著三字經的：他媽的，如果搞得清楚就不會歇斯底里了嘛！

雖然他喜歡看她笑，卻又忍不住經常逗弄她、激怒她，逼她氣急敗壞地用細嫩的嗓子數落他、責罵他，直到她憋著氣不讓自己哭出聲，晶亮的涙珠一串串的掉下來為止。通常他會迎上前，讓涙珠滴滴答答落在捧著的手掌中，再將淚水放在嘴邊津津有味的用舌尖舔起來，一副享受人間美味的陶醉模樣。討厭，你神經病啊！每次都這樣。知道又被他耍弄了一次，她哭笑不得的順勢倒在他懷裡，拼命捶他捶他，等他吻住她的唇。這是他們之間常玩的遊戲，樂此不疲。

她卻突然走了，在一個狂風暴雨的夜晚消失的無影無蹤，開著車子衝出河堤護欄掉進河裡，車子打撈起來人卻不見了蹤影，他不相信她已經死去，所以絕不承認是屍體不見了，那天她只不過是加班太晚了自己開車回來，怎麼可能半路上就死了？她只不過是和他玩躲貓貓罷了，她氣他平常不疼她，常惹她生氣，讓她傷心流淚，所以找著機會躲起來懲罰他。於是他在警局大吵大鬧，堅持要他們怎麼樣都要把人從水裡找出來才行。

警方最後還是以失蹤人口結案，但他不死心，仍盼望著有一天聽見她細嫩的嗓音，呼喚他、責罵他，只是從此她沒了消息，留下的只有他已經翻爛了的結案單，還是從她父母手中千求萬求來珍藏的，連他們為她舉行的喪禮他也拒絕參加，那供在靈骨塔的衣冠塚更是從來也不去瞧一眼的。她家人和親友都數落他無情無義，他毫不在意，心裡明明白白她還沒死，他又怎能為她送葬祭拜呢。是不是會像八點檔連續劇一樣，她順水漂流到某一個小村落，被人救起來同時失去記憶呢？這是他僅存的希望，行屍走肉生活裡唯一的希望。

所以他絕不放棄，除了在報紙分類稿持續刊登尋人啓事，還將她留下來的衣物整理的乾乾淨淨，好讓她隨時回來可穿可用，似乎她從來沒有離開過，每天還拿起她酷愛的KNOWING香水噴灑兩滴，當空氣中散發著熟悉的香味時，他相信她一定知道他在想她、等她。他開始經常坐在窗前翻著村上春樹的書，一頁頁快速翻閱著，讓視線落在關於西伯利亞歇斯底里那一頁上，黑色的鉛字一個個蹦了出來，彷彿她正嬌嗔的站在他眼前一拳一拳捶著他。

再看見她是在報紙上，他嚇得幾乎魂飛魄散，不敢相信她居然真的還活著，雖然他看到的只是一張兩寸大小的照片。那是一篇訪問工商界精英的專題報導，記載她現在已經是擁有留美財經碩士學位的理財顧問，還出了一本暢銷書，是E世代女單身新貴的典範。他渾身像打擺子一樣從頭到腳抖了起來，連握住報紙的手也幾乎顫抖的抽搐。夢裡尋她千百度，如今夢醒了，他反而不知所措。

她的髮型、裝扮和名字全都改了，但是她就算化成灰他也認得。那彎彎細細的柳葉眉，那如太陽般的燦爛笑靨，實在太像她，也應該是她，除了左嘴角少了一粒梨窩，多了一顆米粒大小的痣。不過也許是攝影角度看不見清梨窩，痣本來就會隨年紀增長的，所以她絕對就是她！他肯定的連忙說服自己，激動的眼角溢出了淚光，像一潭死水被投入一粒石頭起了層層漣漪。他興奮的決定立刻找到她，只是上哪兒找找呢？

他打電話去報社找到了那位採訪她的記者，吭吭巴巴幾乎口吃的直說自己是她失散多年的情人，想和她連絡。記者懷疑的追根究柢，他說不出所以然來，急忙掛上了電話。接著拿起那篇報導仔細的又讀了一遍，發現了她公司的名字，急忙又打一〇四查詢，忐忑不安的就怕沒有登記。當電腦女音一字字唸出號碼數字時，他忍不住用力親了話筒一下，多年的癡心吶喊終於終於有了回響。

可是他打電話找她卻怎麼也連絡不上，總機或秘書一定攔截，留話也從來不回，他的雀躍和渴盼慢慢地消沈了，甚至開始恨她了。她怎麼可以從小會計搖身變成理財專家，飛黃騰達後就忘了他，她怎麼可以在銷聲匿跡後讓他一個人承受所有的痛苦和煎熬？難道她真的得了失憶症？他對她的好、她對他的好、他們的恩愛、他們的親密，她全部都忘了？不行，她忘得了，他可一輩子忘不了。他怎麼樣都要找到她，他不信她會忘了他。

他花了筆錢請徵信社找出了她所有的連絡電話，從公司專線、家裡電話到手機，包括她現在住哪裡和誰住一起。終於他打了第一通電話給她，聽著鈴聲重複地在耳膜迴盪，他一隻手捂著胸口屏息以待，就怕自己會激動的承受不了。喂—她甜甜膩膩的聲音傳了過來，他的眼眶立刻紅了。不，不能讓她知道自己的悲傷，久別重逢是該歡喜的啊！於是他清了下嗓子，緩緩地溫柔說出：我好想妳。電話那頭沈默了半晌，你是誰？她疑惑的音調不帶感情。是我，妳最心愛的。他心裡吶喊著，嘴裡一時卻吐不出半個字來。

你神經病！電話立刻掛了，嗡嗡地斷線聲刺穿了他的心肺，沒想到她連他的聲音都不記得了，雖然她的聲音也變成熟了，不過，如果真不記得，她又怎會像以前一樣親暱的喚他神經病呢？是她不認他，她不想活在過去，她要徹徹底底的遺忘過去。算她狠！但他絕不輕易放過她，更何況徵信社說她還沒結婚，自己一個人住在天母。於是他纏綿的愛意化成了一股濃稠的糾葛，把所有心思全綁在她身上，開始不停的打電話給她，或者說是想到就打，從清晨到半夜，卻一句話都不吭，她掛掉他就再撥，一直撥不停的撥，就像當年戲弄她一般，非要她求饒不可。她求饒了，接了電話顫抖著嗓音：你到底是誰？他不吭聲，現在他只想聽她的聲音就好，他是誰已經不重要了。

她沈默了半晌，突然暴怒的破口大罵：我X你媽的屄，我X你祖宗十八代，你到底要幹什麼？神經病！她似乎用盡吃奶的力氣掛了電話。他想像她氣得流淚的可人模樣，還是那麼嬌柔、那麼嫵媚，連她學罵當年他罵過的髒話，也是句句誘人，他越想越亢奮，通體戰慄的居然達到了射精高潮……他繼續轉撥手機，沒想到她接都不接便直接關機，他鍥而不捨的繼續撥，簡直控制不了自己，這次只為了還想再聽她罵粗話。她終於接了，冷著腔調劈頭就說：我已

經報警了，同時我的心理醫生朋友說你患了精神妄想症，請你去找他，他的電話是

他腦中一片渾沌，怎麼可能？生病的是她不是他啊！難道她根本不是她？不可能，世界上不可能有笑容這麼相似的女人，雖然他去買了她的書，看作者簡歷知道她比她大五歲，學歷、籍貫、血型、星座和嗜好都不同，但是這可能都是她捏造出來的假背景，只是為了逃避他、逃避過去，因為她變身成功了，而他還是一個無所事事的兼差保險業務員，所以他有很多很多時間可以打電話。現在他終於明白太陽之西有著怎麼樣的祕密了，原來那兒找得著視死如歸的靈肉極度快感呢。

他狂笑起來拿著話筒繼續撥號，卻突然不知道該撥給誰。

花兒 002

慾望之城

A City of Desire

作者：楊曼芬
主編：楊明莉
編輯：朱晴
視覺設計、美術編輯：物外不遷設計工作室
摺頁攝影：陳念舟
法律顧問：永然聯合法律事務所
出版：楊曼芬文化工作室 Young Culture Studio
發行人：彭文杏
地址：台北市遼寧街 201 巷 16 號
電話：02-25455512
傳真：02-25455510
發行：時報文化出版企業股份有限公司
地址：台北縣中和市連城路 134 巷 16 號
電話：02-23066842、02-23066540
傳真：02-23049302
印刷：正統印刷事業有限公司
初版一刷：2002 年 12 月 1 日

ISBN：986-80437-2-7
書號：Flowers-002・Printed in Taiwan
定價：新台幣 200 元

國家圖書館出版品預行編目

慾望之城＝A City of Desire／楊曼芬作.
－初版 － 臺北市：楊曼芬文化工作室，時報文化發行，
2002 [民 91]　面：　公分.－(花兒：002)
ISBN 986-80437-2-7 (平裝)

857.63　　　91021339